ÉTUDE

HISTORIQUE ET LITTÉRAIRE

SUR LE

RIG-VÈDA

PAR

M. ÉDÉLESTAND DU MÉRIL.

(Extrait de la REVUE CONTEMPORAINE, liv. du 15 mars 1853.)

PARIS,

AUX BUREAUX DE LA REVUE CONTEMPORAINE,

FAUBOURG MONTMARTRE, NUMÉRO 13.

—

1853.

ÉTUDE HISTORIQUE ET LITTÉRAIRE

SUR LE

RIG-VÊDA.

Paris. — Imprimerie de E. Brière, rue Sainte-Anne, 55.

ÉTUDE

HISTORIQUE ET LITTÉRAIRE

SUR LE

RIG-VÊDA,

Rig-Véda ou le Livre des Hymnes, traduit du sanscrit par M. Langlois, membre de l'Institut.

Une vague tradition parlait de livres mystérieux, où se trouvait le dernier mot des croyances et de la science des Brâhmanes. Écrits dans une langue oubliée depuis des siècles, ils avaient échappé à toutes les curiosités, lassé toutes les inquisitions : la puissance des Mahométans y avait elle-même échoué; à bout de moyens, Akbar avait eu recours à la ruse et n'y avait gagné que la honte d'un mensonge inutile [1]. C'était l'idée fixe de tous les voyageurs, et tous y avaient

[1] Von Bohlen, *Das alte Indien*, t. 1, p. 135.

[2] Ce travail devait faire partie d'une histoire de la littérature indienne, annoncée depuis plusieurs années. L'étendue que prend chaque jour la littérature sanscrite et la nécessité de rendre nos études de plus en plus spéciales nous ont forcé de renoncer à notre entreprise; mais la publication de l'importante traduction de M. Langlois nous a été une occasion de revoir et de compléter la partie consacrée au Rig-Véda.

perdu leurs peines. Le fils du schah Ihan sut enfin mieux écouter aux portes que les autres; il mit à prix les indiscrétions des Pandits; recueillit leurs commérages, leurs bévues, et en combla les nombreuses lacunes avec ses conjectures et ses idées de bon musulman. Le tout était écrit en persan, langue encore inconnue en Europe, et, quoique Le Gentil l'y eût envoyé en 1775, restait aussi inutile à la science que les textes cachés à tous les yeux dans les pagodes de Bénarès. Les orientalistes de l'Encyclopédie universelle croyaient encore que *Rogo*, *Roukou* ou *Ouroukou Védam*, comme ils appelaient le Rig-Véda, traitait de la première cause et de la matière première, des anges, de l'âme, des récompenses destinées aux bons, des peines réservées aux méchants, des péchés et de ce qu'il fallait faire pour en obtenir le pardon [1]. La haine aveugle de Voltaire pour le christianisme lui avait même fait accueillir bouche béante une mystification que nous trouverions piquante, s'il n'était profondément triste pour qui voudrait croire à la raison humaine, de voir que l'esprit le plus pénétrant peut devenir aussi crédule que la sottise. Un missionnaire de l'Ordre de Jésus, nommé Robertus de Nobilius, avait composé, en 1620 [2], un livre où il préparait les Hindous à la foi chrétienne : sous prétexte d'exposer les idées du brâhmanisme, il combattait les plus hostiles à ses prédications et avait glissé çà et là des faits supposés et de prétendus dogmes auxquels il voulait rattacher ses enseignements. Avant d'être imprimé à Yverdun, sous le titre d'*Ézourvédam* [3], corruption évidente d'Yadjour-Véda, ce travail de prosélytisme chrétien avait été communiqué à Voltaire, et le philosophe émérite de l'impiété tressaillit d'aise en y trouvant un moyen quelconque de satisfaire ses rancunes contre l'*infâme* qui avait civilisé le monde. Il s'empressa de prendre la Bible en flagrant délit de plagiat et l'accusa hautement d'avoir volé à l'Hindoustan jusqu'au nom de son premier homme, *Adimo* en sanscrit. Le Christ lui-même était une maladroite contrefaçon de Krichna, qui n'avait eu de culte qu'une dizaine de siècles après l'ère chrétienne; dans son ignorance absolue du vieil Orient, il ne craignit pas même d'affirmer que le christianisme lui avait emprunté le célibat des prêtres. La traduction latine de la compilation persane qu'Anquetil-Duperron publia en 1801 [4], répandit enfin des idées plus justes, quoique mêlées encore d'erreurs bien ridicules : ainsi, pour en citer une qui dispense de toutes les autres, les dieux trinitaires, Brâhma, Vichnou et Çiva, y sont devenus des archanges et

[1] T. **xxxiv**, p. 663, éd. de Genève.
[2] Voyez l'*Asiatic researches*, t. xiv, p. 1 et suivantes.
[3] 1778, 2 vol. in-12.
[4] *Oupnekhat, id est Mysterium tegendum*, Strasbourg, 2 vol. in-4°.

s'appellent Uriel, Gabriel et Michel. Sur ce point comme sur beaucoup
d'autres, c'est à Colebrooke qu'appartient l'honneur d'avoir initié
l'Europe à la vraie connaissance des choses [1], et le progrès des études
sanscrites, les conquêtes littéraires de la Compagnie des Indes et l'arrivée en Europe de manuscrits naguère inconnus même sur les bords
du Gange, ont permis à MM. Roth [2] et Weber [3] de rectifier sur quelques
points et de compléter ses idées. Déjà, d'ailleurs, on n'en est plus
réduit à des travaux de seconde main, à des commentaires toujours
suspects, à des interprétations dont les plus justement autorisées
manquent encore d'une autorité suffisante. Les textes dont la publication avait été commencée par Rosen avec une intelligence et une
connaissance de la langue au-dessus de tous les éloges [4], sont devenus
accessibles à tous [5], et M. Langlois, devançant l'édition sanscrite du
Rig-Véda, que publie M. Muller, nous en a donné une élégante traduction française. L'ère des conjectures est donc enfin passée : on
peut aujourd'hui substituer les résultats d'une étude sérieuse aux
rêves de l'imagination et puiser à la source, dans leur pureté native,
des idées et des faits trop souvent altérés par une érudition incom-
plète et des traductions mensongères.

Les Védas inspiraient une vénération si profonde que l'usage en
était réservé à la première caste comme un de ses plus beaux privi-
léges : leur nom signifiait la science suprême, et il suffisait qu'un
Brâhmane négligeât d'y consacrer de longues études pour être déchu
de son haut rang et rabaissé jusqu'à l'infime condition d'un Soûdra.
Trois ouvrages seulement parurent d'abord dignes de tout ce respect.
Nous lisons même encore dans les Lois de Manou : « Les prières du
Ritch, celle de l'Yadjous et les différentes sections du Sâma doivent
être reconnues comme composant le triple Véda : celui qui le connaît
connaît la Sainte-Écriture [6]; » et un dictionnaire populaire d'une date
bien plus récente, celui d'Amara-Sinha [7], n'admet non plus que trois

[1] *Asiatic researches*, t. VIII, p. 369-476.

[2] *Zur Litteratur und Geschicht? des Weda*, Stuttgart, 1846.

[3] *Akademische Vorlesungen über indische Literaturgeschichte*, Berlin, 1852.
Nous croyons devoir encore indiquer le livre de Vans Kennedy, *Researches
into the nature and affinity of Hindoo mythology*, Londres, 1831, in-4°, et l'ou-
vrage de M. Ritter, *Geschichte der Philosophie*, t. I, p. 70 et suivantes.

[4] *Rigveda-Sanhita*, Londres, 1838, in-4°.

[5] Le *Sama-Véda* a été publié en 1849, par M. Benfey, et M. Weber publie
l'*Yadjour-Véda blanc*; le *Vâdjasaneyi-Samhitâ* a même déjà paru depuis deux
ans : il ne reste plus ainsi de complètement inédit que l'*Yadjour-Véda noir*,
dont M. Eugène Burnouf préparait une édition.

[6] *Mânava-Dharma-Sâstra*, l. XI, çloka 264.

[7] L'opinion de M. Wilson, qui dans la préface de son *Vishnu-Purâna*, p. VI,
le place dans le siècle antérieur à l'ère chrétienne, semble au moins bien hasar-
dée. La traduction chinoise du sixième siècle dont parle M. Reinaud dans
son *Mémoire sur l'Inde*, p. 114, est aussi bien douteuse. L'opinion de M. Holtz-

Vêdas. Mais les habitudes métaphoriques de la langue finirent par dé-
pouiller le nom de *Vêda* du sens propre qu'il avait eu d'abord; ce ne
fut plus qu'une sorte d'adjectif qui exprimait l'excellence d'une manière
générale, et on attribua cette qualification, non-seulement à l'Athar-
van qui l'a conservée, mais à des poëmes d'une toute autre nature,
au Mahâ-Bhârata [1], aux Pourânas [2] et même au Çivatantra [3].

Les livres véritablement vêdiques sont donc du plus haut intérêt
pour la littérature et la civilisation de l'Hindoustan : les idées qui en
ont fait un pays à part dans l'histoire du monde entier s'y trouvent
dans leur forme première, mais déjà grosses de toutes leurs conséquences. Là sont les origines de ce panthéisme, à la fois si grossier et si
métaphysique, le seul qui ait jamais des autels et des sacristies : là se
cache déjà la raison secrète de cette singulière morale qui, de conséquence en conséquence, d'exagérations stoïques en exagérations plus
stoïques encore, devait aboutir à l'immoralité philosophique, à l'indifférence absolue du bien et du mal. Peut-être le Sâma et même
l'Yadjous contiennent-ils quelques fragments dont la rédaction primitive s'est conservée avec une fidélité plus matérielle; mais ils y sont
détachés de leur ensemble et ont reçu une application spéciale, étrangère à leur pensée première. Dans le Rig-Vêda, au contraire, les
hymnes sont restés tels que l'inspiration du poëte les avait composés;
ils ont gardé leur indépendance, leur esprit tout lyrique, leur développement naturel et complet, et les plus véritablement antiques s'y
retrouvent avec une foule d'autres qui lui sont propres et en rendent
la signification plus facile à saisir. Tous les témoignages reconnaissent
d'ailleurs sa prééminence : c'était le seul des Vêdas qui fût dès l'origine spécialement consacré aux dieux [4], le seul dont la composition
remontât jusqu'au ciel [5], et auquel on attribuât un caractère si saint
qu'il suffisait d'en réciter quelques passages pour effacer certaines

---

mann qui ne fait remonter ce dictionnaire qu'au onzième ou au douzième
siècle (*Ueber den griechischen Ursprung des indischen Thierkreises*, p. 32), nous
paraît de beaucoup la plus vraisemblable, quoique la question soit encore
soumise à toutes les incertitudes qu'y trouvait Colebrooke, *Asiatic researches*,
t. VII, p. 214.

[1] T. I, çloka 2300.

[2] *Bhâgavat Pourâna*, l. I, ch. IV, çloka 20.

[3] *Asiatic researches*, t. XVII, p. 216, et le passage du *Kouldrnava*, cité *ibidem*,
p. 223, note.

[4] *Mânava-Dharma-Sâstra*, l. IV, çloka 124.

[5] Non-seulement quelques hymnes sont attribués à des dieux, et même à
Indra, le plus grand de tous; mais on regardait aussi l'ensemble comme venu
du ciel, puisqu'on lit dans le *Bhâgavata Pourâna*, l. I, ch. IV, çloka 21, selon la
belle traduction de M. Burnouf : Pâila reçut le Ritch; le poëte inspiré Djâi-
mini chanta le Sâman; Vâiçampâyana eut à lui seul l'intelligence complète
des Yadjous.

fautes et se racheter une nouvelle innocence [1]. Enfin, quoiqu'il fût assez étranger aux cérémonies du culte pour que les Brâhmanes n'eussent aucun intérêt sacerdotal à veiller sur la pureté de son texte, quoique son ancienne disposition extérieure n'ait pas été respectée et qu'on ne s'accorde plus depuis des siècles, ni sur les noms, ni sur le nombre de ses divisions [2], sa seule sainteté l'a préservé des altérations de la fantaisie, des corruptions de la mémoire, des interpolations de l'esprit de secte, et il a pu traverser trois mille années sans subir aucune variante, seul immuable quand tout changeait autour de lui, même la langue dont il s'était servi et les croyances qu'il avait exprimées.

D'autres questions moins exclusivement indiennes se rattachent aussi au Rig-Vêda, et peut-être n'est-ce pas seulement parce qu'elles entrent plus avant dans notre histoire qu'elles nous paraissent d'un intérêt encore supérieur. Les études philologiques si glorieusement poursuivies depuis trente ans ont fait reconnaître l'intime liaison des langues européennes avec le sanscrit : ce n'est plus maintenant une idée professée par des savants, c'est un fait positif et pour ainsi dire palpable dont l'oreille et les yeux ont été saisis. Mais les formes grammaticales et les racines de nos vocabulaires n'ont pu nous arriver à travers tant d'étapes, sans apporter avec elles quelques-unes des idées les plus chères et les plus familières aux peuples dont elles avaient d'abord constitué le langage. Les plus anciens livres de l'Hindoustan, les plus voisins par leur date de la scission des populations voyageuses dont les descendants ont fini par s'asseoir en Europe, contiennent donc nécessairement l'explication d'une foule de croyances qui, en devenant incomplètes, ont cessé d'être intelligibles, et ne recouvrent leur vrai sens qu'après avoir été rapprochées de leur source. Enfin l'esprit humain n'a pas plusieurs manières de marcher à l'avenir que la Providence lui a marqué dans sa pensée : il n'y a pas deux logiques dans sa nature ni dans son histoire. Ce qu'il avait fait dans l'extrême Orient, à une des époques les plus reculées dont le souvenir n'ait point entièrement péri, il l'a refait en Europe, dans des temps bien plus modernes, quand sous un ciel différent, mais dans

---

[1] Pour avoir coupé des arbres portant fruit, des buissons, des lianes, des plantes grimpantes ou des plantes rampantes en fleur, on doit répéter cent prières du Rig-Vêda; *Mânava-dharma-Sâstra*, l. XI, çloka 142.

[2] Une est en huit *khandas* (sections) ou *aschtakas* (huitièmes), subdivisés en huit *adhyâyas* (lectures), et ceux-ci contiennent un nombre illimité de *vargas* (paragraphes), qui ont, chacun, environ cinq strophes. L'autre se compose de dix *mandalas* (livres), comprenant en tout un peu plus de cent *anouvâkas* (chapitres), entre lesquels sont répartis les *soûktas* (hymnes) qui conservent leur division en *ric* (distiques). La concordance de ces deux divisions se trouve dans Roth, *Zur Litteratur und Geschichte des Weda*, p. 28-29.

des circonstances semblables, il y a recommencé l'œuvre interminable
de son progrès. Si l'idiome moins insuffisant des Hindous, si cette
tendance métaphysique de leur intelligence à tout approfondir jusqu'à
la subtilité et à se sauver du mouvement en se repliant sur elle-
même, leur ont permis de conserver toute une série de poèmes qui
exprimaient une phase de civilisation dont la vivacité pétulante, qui
nous pousse à tout renouveler sans cesse, a depuis longtemps effacé
les dernières traces en Europe, nous pouvons retrouver dans les monuments de leur littérature primitive comme un témoignage de la vie
intellectuelle de nos ancêtres, et compléter à leur aide les lacunes de
notre histoire.

La première question qui se présente dans l'étude des Védas est
donc celle de leur date, et l'on n'y recherche point, comme il arrive
presque toujours, la vaine satisfaction d'une curiosité oiseuse : leur
âge est un élément essentiel de leur importance. Malheureusement les
croyances religieuses et les habitudes métaphysiques des Hindous les
rendent si indifférents aux faits en eux-mêmes qu'il n'en reste bientôt
plus que les idées abstraites qu'ils ont éveillées : tous se perdent confusément dans le même passé sans laisser de souvenir assez précis
pour qu'on y puisse rattacher une date. Il y a des événements poli-
tiques dont, à défaut de chronologie positive, le sol garde au moins
quelque empreinte; mais ceux qui n'appartiennent qu'au domaine de
l'intelligence et n'ont influé que sur les développements de la pensée,
restent isolés, sans causes ni effets appréciables à distance, et flottent
dans un vague indistinct que rien de matériel ne permet de circon-
scrire. Ce n'est donc qu'à l'aide d'inductions, toujours un peu conjec-
turales, qu'il est possible de déterminer l'âge des Védas; mais la certitude historique ne se compose souvent que de probabilités qui se servent de preuves les unes aux autres, et les philosophes les plus entichés
de la logique ne professent pas le scepticisme à l'endroit du passé. Si
l'on avait quelque raison d'accorder une confiance absolue à l'espèce
de calendrier que les manuscrits du Rig-Véda nous ont conservé, il
remonterait au moins à l'an 1400 avant l'ère chrétienne [1]. Mais il est
bien incertain que les phénomènes célestes qui l'auraient alors daté
avec une incontestable précision, aient été réellement observés : nous
ne savons si après s'être amusé, comme en Chine, à les calculer sur
le papier, on ne leur a point donné une existence fantastique dans
des tables imaginées à plaisir.

Les dates positives manquent donc nécessairement, mais on peut y
suppléer jusqu'à certain point par une chronologie relative, et reconnaître des différences de temps qui n'en prouvent pas moins la plus haute

---

[1] Colebrooke, *Asiatic researches*, t. V, p. 288, et t. VII, p. 283.

antiquité. Les hymnes des Védas n'ont été recueillis en un corps de poèmes que longtemps après avoir été composés; il a fallu que cet ensemble eût déjà acquis une grande autorité pour que des commentaires religieux (*Bráhmanas*) l'aient si respectueusement expliqué, et bien des années se sont encore écoulées avant qu'ils aient eux-mêmes inspiré une vénération assez profonde, pour qu'on les ait appliqués dans des traités liturgiques (*Soûtras*) aux cérémonies du culte. Or, non-seulement les Lois de Manou sont une sorte de codification des doctrines philosophiques qui se développèrent sous l'influence des Soûtras, et s'y rattachent comme une conséquence à son principe, mais elles contiennent en assez grand nombre des passages qui en sont littéralement extraits [1], et cependant elles ont encore précédé toutes les idées du Râmâyana, la plus ancienne des légendes héroïques, qui résumait des traditions déjà vieilles sans doute de plusieurs siècles : il n'y est pas même question de Râmâ, ni d'aucune des incarnations de Vichnou. La langue des Védas n'est pas un indice moins certain d'antiquité : ses formes simples gardent encore une véritable rudesse; la grammaire est bien loin d'être aussi complète, aussi systématique que dans les grands poèmes de la première époque, et le dictionnaire a conservé une foule de racines qui ont disparu du sanscrit littéraire, et se retrouvent dans le zend, une de ses sœurs jumelles, dont l'origine remonte à une époque antérieure à tous les monuments de l'histoire. Enfin presque aucune trace de bráhmanisme n'apparaît même dans les hymnes les plus récents, et la grande insurrection religieuse provoquée par ses exagérations, le bouddhisme, commença dès le sixième siècle avant notre ère. Quand on songe avec quelle lenteur se meut l'esprit en Orient, et quelles résistances dut rencontrer une religion antipathique aux plus chers besoins de la nature humaine, qui niait l'égalité devant Dieu et proclamait l'impuissance finale de la vertu, il est impossible de ne pas croire qu'il lui ait fallu sept ou huit siècles pour soumettre l'Hindoustan au joug de ses doctrines [2].

Comme les autres Védas, le Rig se compose d'un recueil d'hymnes (*Sanhitá* [3]) et d'un commentaire dévot qui en explique les croyances

---

[1] Les Soûtras ne sont pas encore publiés; nous ne connaissons ce fait que par M. Wilson, *Rig-Veda-Sanhitá*, p. XLVII.

[2] On pourrait ajouter une autre preuve indirecte qui, sans impliquer une antiquité aussi reculée, la confirme. Le grammairien Pânini, qui écrivait 350 ans avant le christianisme, cite Yâska, le commentateur des Védas, qui vivait ainsi certainement auparavant, et celui-ci connaissait un traité sur le sanscrit védique, appelé *Prâtiçâkhya*, où se trouvent déjà cités, non-seulement une trentaine d'autres traités, mais des Écoles entières qui prouvent que depuis longtemps le texte des Védas n'était plus compris, et que la tradition de ses idées s'était elle-même obscurcie.

[3] On les appelait aussi *Mantras* et *Gânas*, prières.

et y rattache par des liens plus apparents les légendes populaires qui
en sont sorties[1]. Mais si nécessaire que soit ce complément des Vêdas
pour l'intelligence de leur histoire, sa date beaucoup moins ancienne
ne lui permet d'être d'aucun secours pour l'appréciation de leurs
idées en elles-mêmes : ce sont les opinions de son propre temps qu'il
a reproduites, et non celles que les Sanhitâs avaient réellement exprimées. Le Rig-Vêda n'a pu d'ailleurs être composé dans un but pure-
ment liturgique : il s'y trouve des chants sur les grenouilles [2] et le jeu
des dés [3]; d'autres pièces sont adressées aux eaux [4] et aux mortiers où
se préparait une liqueur alcoolique (le *soma*). Souvent, au lieu d'une
prière lyrique, c'est un dialogue où figurent différents dieux [5], et le
poète ne se borne pas toujours au rôle passif d'un interprète, quelquefois il s'y nomme et n'exprime plus que ses sentiments et ses désirs personnels. Ainsi, par exemple, Parâsara disait dans un hymne
à Agni : «La vieillesse est comme un nuage qui pèse sur moi et défi-
gure mon corps ; préviens cette ennemie et souviens-toi de moi [6]. »
La plupart de ces odes étaient même antérieures à l'organisation d'un
culte public; autrement on ne les eût pas si capricieusement multipliées
sans avoir à les approprier à d'autres circonstances, et il résulte de
termes bien positifs qu'aucune liturgie officielle n'empêchait chaque
célébrant d'y suivre ses propres inspirations : «On compte les hymnes
par cinquante mille. Le nombre en est aussi grand que le ciel et la
terre sont étendus. Que dis-je! en l'honneur du grand Dieu ils
existent par milliers de mille. La sainte prière se multiplie de même
que le sacrifice [7]. » Mais cette indépendance de la prière n'empêchait

---

[1] On regardait aussi comme se rattachant aux Vêdas, les *Oupanischad*, traités de théologie systématique, et les *Oupavêdas* qui comprenaient toutes les
sciences humaines : l'*Ayou* traitait de la médecine; le *Gândharva*, de la mu-
sique; le *Dhanou*, de la tactique militaire, et le *Silpa*, de la mécanique.
[2] *Mandoûcah*; section V, lecture vii, hymne 3. C'était probablement dans
la pensée du poète une personnification de la nature animée, puisqu'on lit
dans la strophe 1 : «Tels que des grenouilles, que les enfants des prêtres chan-
tent l'hymne de Pardjanya! » et dans la 10 : « Que cette grenouille, qu'elle ait
le mugissement de la vache ou le cri de la chèvre, qu'elle soit jaune ou verte,
nous donne une abondance de biens! Qu'elle nous envoie des vaches fécondes,
des pâturages fertiles et qu'elle prolonge notre vie! »
[3] Section VII, lecture viii, hymne 2.
[4] Section V, lecture iv, hymnes 12 et 14.
[5] Section VI, lecture vii, hymne 3; section VII, lecture vi, hymne 5, et lecture vii, hymne 9; section VIII, lecture i, hymne 6; etc.
[6] Section I, lecture v, hymne 10.
[7] Section VIII, lecture vi, hymne 9, strophe 8. On semble même s'être d'a-
bord si rarement servi d'anciens chants qu'on croyait devoir en faire mention;
ainsi il y a, section I, lecture vi, hymne 9, strophe 2 : « Nous les célébrons
avec un ancien texte, » *Pourvayâ nividâ*. M. Langlois a traduit *selon l'ancienne coutume*; si cette interprétation était plus exacte, ce serait une preuve
bien positive que le Rig-Vêda n'appartient pas aux premiers temps religieux de
l'Hindoustan.

pas que l'on ne se crût déjà obligé d'honorer les dieux trois fois par jour [1], et qu'il n'y eût des circonstances où les chefs du peuple se réunissaient pour leur offrir en commun des actions de grâces et des sacrifices [2].

Si étranger qu'il soit à son époque par ses habitudes d'esprit et le choix de ses sujets, un poète se classe encore dans une période de civilisation assez restreinte, par la nature de ses pensées et de ses images. Mais il est impossible de retrouver à l'aide des idées la date même approximative d'un recueil composé de plus de mille poèmes, appartenant peut-être à des siècles différents, dont une tradition facultative a seule conservé la mémoire. Bien des traits isolés, qui ne répondaient plus à l'état des idées et des mœurs, en disparaissent insensiblement et lui donnent une apparence beaucoup plus moderne. Il reste encore cependant dans le Rig-Véda quelques souvenirs de la vie errante d'un peuple pasteur. On y demande à Poûchan, le soleil considéré dans ses rapports avec la terre [3], de conduire dans un bon pâturage [4], et l'on compare le dieu Soma, accourant au sacrifice avec la rapidité d'un coursier, au guerrier qui va conquérir des troupeaux de vaches [5]. Les mœurs patriarcales, dont aucune trace ne se trouve plus dans le Râmâyana, y investissent encore le chef de la famille de cette autocratie si profondément antipathique à la civilisation indienne. C'est lui seul qui choisit l'instant du sacrifice et subvient à tous les frais du culte : intermédiaire naturel entre ses enfants et la divinité, il tient de sa paternité le droit d'exercer les fonctions sacerdotales, et ne recourt à un sacrificateur en titre que pour être plus sûr de l'exacte observation des rites. Il a des serviteurs [6], probablement même de véritables esclaves [7], et l'on peut conclure du riche salaire dont il payait les poètes qui lui composaient des prières, que les liens de la famille ne se brisaient pas à chaque génération, et en réunissaient toutes les branches en un clan dont le chef administrait les biens selon son bon plaisir. Le mariage était encore sacré et se célébrait librement comme

---

[1] Agni, amène ici les dieux ; donne-leur les places qu'ils doivent occuper trois fois par jour; section I, lecture I, hymne 15, strophe 4.

[2] Tel que Manou, je vous verse le soma, entouré du peuple et de ses chefs glorieux ; section III, lecture VII, hymne 5, strophe 3.

[3] *Prithivyabhimâni devah* : son nom vient de *Poûch*, nourrir.]

[4] Section I, lecture II, hymne 10, strophe 8.

[5] Section VII, lecture III, hymne 12, strophe 7.

[6] On demandait aux dieux une heureuse abondance de serviteurs, de vaches, de chevaux ;|section I, lecture VI, hymne 13, strophe 2.

[7] Svanaya l'a ordonné, et à ma suite se sont rangés dix chars noirs, qui portaient, chacun, une femme; mille soixante vaches les accompagnaient. Tels sont les biens que Cakchivân reçut pour le charme de ses jours; section II, lecture I, hymne 5, strophe 3.

une fête[1]; il imposait des devoirs réciproques d'amour[2] et sans doute de fidélité[3], et quoique l'épouse fût subordonnée à son époux[4], ils restaient égaux dans la prière et invoquaient, chacun, les dieux d'une manière indépendante.

Déjà cependant les occupations agricoles primaient la vie pastorale, et avaient forcé de planter sa tente plus avant dans le sol. « Que le bonheur », disait-on dans un hymne, « soit sur nos animaux, sur nos hommes, sur nos charrues! Que nos rênes flottent avec bonheur! Qu'avec bonheur pique notre aiguillon! Qu'avec bonheur les socs labourent pour nous la terre! Qu'avec bonheur nos pasteurs conduisent les animaux[5]! » On labourait avec des bœufs[6]; les moissons étaient assez abondantes pour être rentrées sur des chars[7]; on battait[8] et l'on criblait l'orge[9]; on cultivait le riz[10]; l'agriculture avait même des origines assez antiques pour que l'invention en fût attribuée aux dieux[11]. L'industrie avait aussi déjà fait d'importants progrès : elle tissait le fil[12] et la laine[13], travaillait les métaux les plus précieux[14] et les plus durs[15], creusait des puits[16], enchâssait les rayons de la roue dans sa jante[17]. Quelques autres traits, à la vérité fort épars, indiquent une civilisation encore plus avancée : ainsi « l'Aurore met

[1] A son lever (de l'aurore). les rayons du soleil ornent son cortége comme les compagnes d'une jeune mariée; section II, lecture I, hymne 3, strophe 8. — On voit ailleurs que le mari l'envoyait chercher par un ambassadeur et qu'on la lui conduisait dans un char, un dais sur la tête; section VIII, lecture VI, hymne 4, strophe 3.

[2] Agni... dirige-nous dans l'accomplissement des devoirs d'époux et épouse; section IV, lecture I, hymne 20, strophe 3.

[3] Aucune trace de polygamie ni de concubinage ne se trouve nulle part, et on lit dans un passage : Avec la foi qu'une épouse a dans son époux; sect. IV, lecture IV, hymne 16, strophe 4.

[4] Retrouvé dans les enfants qu'il te laisse celui qui n'est plus. Tu as été la digne épouse du maître à qui tu avais donné ta main; section VII, lecture VI, hymne 3, strophe 9.

[5] Section III, lecture VIII, hymne 7, strophes 4 et 8.

[6] Section I, lecture II, hymne 4, strophe 15.

[7] Section II, lecture VI, hymne 12, strophe 1.

[8] Section VIII, lecture VII, hymne 12, strophe 2.

[9] Section VIII, lecture II, hymne 10, strophe 2.

[10] Section II, lecture III, hymne 4, strophe 10.

[11] Section I, lecture VIII, hymne 5, strophe 21; section VI, lecture II, hymne 2, strophe 6.

[12] Section IV, lecture V, hymne, strophe 2.

[13] On voit, dans une foule de passages, que le soma était filtré à travers une étoffe de laine.

[14] O Marouts... à vos jambes sont des bracelets, sur vos poitrines des colliers d'or... sur vos têtes de longues aigrettes d'or; section IV, lecture III, hymne 8, strophe 11.

[15] On y trouve mentionnés des armures de fer, des aiguilles, des haches d'acier, des marmites, des chaudrons, etc.

[16] Section III, lecture V, hymne 13, strophe 16.

[17] Section IV, lecture I, hymne 5, strophe 6.

en mouvement les chars qui à son arrivée s'agitent sur la terre, comme sur la mer les vaisseaux avides de richesses [1]; » il est question de barbiers [2], d'usuriers [3], si même on s'en rapporte à la traduction de M. Langlois, de collecteurs d'impôts [4], et de marionnettes [5]. Mais la crainte si souvent exprimée des brigands [6] prouve que toute la population ne s'était pas classée dans des occupations pacifiques. Une partie cherchait encore dans la rapine ses moyens habituels de subsistance, et sans doute cette tendance des peuples barbares à faire du vol une profession, et de la violence une industrie ayant droit comme les autres à sa part du soleil, n'était ni réprimée, ni même généralement réprouvée en principe, puisque le cheval était resté un symbole de la richesse presque aussi populaire que la vache. Il y a même des chants en l'honneur de vertus morales déjà passées à l'état de divinités [7], et des hymnes de métaphysique spéculative qui supposent des curiosités d'intelligence et des habitudes d'abstraction bien étrangères aux temps primitifs. Quelques traces d'apothéose se laissent aussi apercevoir : les Açvins étaient sans doute des princes divinisés [8] en souvenance de leurs enseignements agricoles, et l'on adorait sous le nom de *Ribhous* les hommes qui, après avoir organisé les rites, les personnifiaient dans la reconnaissance publique. Ce fut alors à une création de leur pensée que l'on attribua les chevaux radieux d'Indra, et la vache qui produit le lait [9]; mais le souvenir de leur origine toute humaine s'était conservé dans un autre hymne. « Oui, » leur disait-on, « par vos bonnes œuvres vous vous êtes faits Dévas, et, tels

---

[1] Section I, lecture IV, hymne 2, strophe 3. On trouve aussi *ibidem*, hymne 10, strophe 2 : « Les chantres... entourent son autel (d'Indra), se rendant vers lui comme les marchands vers la mer. »

[2] Section VIII, lecture VII, hymne 23, strophe 3.

[3] Section I, lecture V, hymne 9, strophe 11.

[4] Section II, lecture IV, hymne 15, strophe 8.

[5] « Tels que la marionnette sur le petit théâtre de bois nouvellement construit, tels brillent les coursiers d'Indra dans les voies célestes; » section III, lecture VI, hymne 11, strophe 22.

[6] Il y a même un hymne où il est dit que le dieu Poûchan observe les routes, comme le brigand, et enlève les trésors qu'il donne à ses amis; section VI, lecture II, hymne 9, strophe 6. — Généralement cependant la ruse et l'adresse semblent s'être déjà substituées à la violence; nous citerons comme exemple ce passage : « Ces ténèbres ont été trahies par le matin, telles que des voleurs; » section II, lecture V, hymne 8, strophe 5.

[7] A la libéralité, section VIII, lecture VI, hymne 2; à la bienfaisance, *ibidem*, hymne 12. Nous en citerons seulement la première strophe : « Les dieux ne nous ont point condamnés à la faim ni à la mort; car les humains ont une ressource dans la maison du riche. L'opulence de l'homme bienfaisant ne périra point. Le méchant ne trouve point d'ami. »

[8] *Niroukti*, ch. XII, part. I. C'est même l'opinion générale des Aitihâsikas, des commentateurs qui s'appuient sur la tradition.

[9] Section I, lecture II, hymne 1, strophes 2 et 3.

que des éperviers, vous vous êtes placés dans le ciel. Fils de Soudhan-
van, enfants de la Force, versez sur nous vos trésors, vous qui avez
obtenu le titre d'*Immortels* [1]. »

Cette absence d'unité se retrouve jusque dans les usages les mieux
connus de tous, et les plus religieusement conservés. Ainsi, pour nous
borner à un dernier exemple, on lit dans un chant des funérailles :
« Mais il est de son être une portion immortelle ; c'est elle qu'il faut
échauffer de tes rayons, enflammer de tes feux, ô Djâtavedas (une
personnification du feu) ; dans le corps fortuné formé par toi, trans-
porte-le au monde des hommes pieux !..... Cependant, qu'un noir oiseau, que la fourmi, que le serpent ni la bête de proie ne touchent point
à ton ancien corps ! Qu'Agni (le dieu du feu terrestre), que Soma, qui
a désaltéré les enfants des prêtres, te préservent de tous ces accidents [2] ! »
Ce chant n'a pu être fait que dans un temps où les corps étaient encore
brûlés ; et un autre hymne funéraire se rapporte avec non moins de
certitude à une époque où ils étaient inhumés. « Va, » chantait-on au
moment des derniers adieux, « va trouver la terre, cette mère large
et bonne qui s'étend au loin. Toujours jeune, qu'elle soit douce comme
un tapis pour celui qui a honoré les dieux par ses présents ! Qu'elle te
protège contre les profanations (Nirriti) ! O terre, soulève-toi ! Ne blesse
point ses ossements ; sois pour lui prévenante et douce ! O terre ! couvre-
le, comme une mère couvre son enfant d'un pan de sa robe [3] !» Ce sont
là des différences de mœurs et de croyances trop antipathiques et trop
profondes pour être expliquées autrement que par la diversité des dates,
et la fréquente mention d'hymnes nouveaux [4] et d'anciens chants [5]
ajoute encore aux inductions de la logique le témoignage des faits.
Mais les conséquences habituelles de ces différences de date ont été,
pour la plupart, effacées par l'immobilité de l'esprit oriental ; et si l'on
en excepte quelques traits isolés, sans grande importance en eux-
mêmes, les hymnes du Rig-Vêda n'en expriment pas moins dans sa

---

[1] Section III, lecture VII, hymne 3, strophe 8. Voyez aussi section III, lecture VII, hymne 1, strophe 4, et l'ingénieux travail de M. Nève : *Essai sur le
mythe des Ribhavas, premier vestige de l'apothéose dans le Vêda*; Paris, 1847,
in-8°. Nous ajouterons un autre passage qui semble même prouver que c'était
un usage devenu assez général : « Honorez Poûchan, comme vous feriez pour
un héros digne de votre culte ; » section V, lecture IV, hymne 1, strophe 8.
[2] Section VII, lecture VI, hymne 11, strophes 4 et 6.
[3] Section VII, lecture VI, hymne 13, strophes 10 et 11.
[4] Section I, lecture I, hymne 12, strophe 11, et lect. V, hymne 1, strophe 13 ;
section V, lecture I, hymne 1, strophe 5, etc.
[5] « Agni fut l'objet des antiques chants d'Ayou (l'homme) ; » section I, lecture VII, hymne 2, strophe 2. « Le divin Savitri (le soleil) se lève à la suite des
aurores : il brille chanté par les poètes ; » section V, lecture V, hymne 4,
strophe 3. « Indra, les poètes, aujourd'hui comme autrefois, célèbrent ta force ; »
section VI, lecture I, hymne 4, strophe 6, etc.

signification essentielle la période la plus ancienne de la civilisation indienne.

Quand la subtilité naturelle aux Hindous ne fut plus comprimée par l'autorité des traditions ni par la grossièreté des temps primitifs, l'idée-mère de la principale divinité fut elle-même soumise à l'analyse et scindée en trois personnes distinctes, que firent bientôt réunir dans une trinité métaphysique (*Trimoûrtti*) la communauté de leur essence et la bonne harmonie de leurs attributs. On crut reconnaître entre les différents dieux des rapports d'analogie, de subordination et de dualité qui en complétaient l'idée, et on les exprima par des images symboliques, aisément accessibles à toutes les intelligences. Les dieux furent mariés à l'instar des hommes; comme eux ils procréèrent des enfants qui participaient de leur nature, et se multiplièrent par des incarnations successives (*Avatârs*). Aucun vestige de ces complications n'apparaît encore dans la mythologie des Védas[1]; toutes les divinités y gardent leur isolement primitif; elles y vivent d'une existence philosophique que rien de physique ne limite ni ne personnifie, et restent indépendantes les unes des autres, sans restreindre à une spécialité clairement déterminée l'action de leur puissance. Ces personnifications sensibles étaient même assez contraires aux idées religieuses du temps pour que, malgré le naturalisme qui se trouvait au fond de toutes les croyances, l'œuvre vitale de la Nature, la génération, ne fût nulle part honorée dans le Rig-Véda comme une œuvre sainte, et qu'aucun hymne n'y ait pas seulement mentionné le lingam ni le lotos, ces deux emblèmes si naturels du pouvoir éminemment générateur, qui furent plus tard suspendus dans tous les lieux sacrés. Les doctrines de la métempsycose, que cependant les philosophes enseignaient publiquement dès le temps de Pythagore, n'y apparaissent pas non plus, même en germe[2], et la division en castes où chacun naît et meurt sans pouvoir s'élever à une caste supérieure, cette base fondamentale de la société indienne qui semble avoir précédé les souvenirs de l'histoire[3], n'y est

---

[1] On lit cependant, *Rig-Véda*, section V, lecture III, hymne 14, strophe 10 : Ce fut alors ta première naissance, ô Vasichtha, et sous le nom d'Agastya tu apparus aux peuples.

[2] Elles sont déjà formulées en vingt endroits dans les *Lois de Manou*; ainsi, par exemple, on lit dans le l. II, çloka 201 : « Si le dvidja (le Brâhmane régénéré) médit de son directeur, il deviendra après sa mort un âne; s'il le calomnie, un chien; s'il usurpe la jouissance de ses biens, un insecte; s'il le regarde d'un œil d'envie, un ver. » On lit au contraire dans le *Rig-Véda*, section II, lecture VII, hymne 6, strophe 5 : « Ne faites pas de moi ce que le chasseur fait d'un oiseau qu'il livre à un enfant »; et, section III, lecture V, hymne 14, strophe 13 : « Dans l'excès de la misère, j'ai mangé de la chair de chien. »

[3] Ce qui nous le ferait croire, c'est que *Varna*, couleur, a pris la signification de *Caste*. Le principe de ces divisions sociales tiendrait ainsi à la position respective de populations d'origine différente, que des événements anté-historiques

elle-même indiquée que par des allusions si obscures et si rares, qu'on en a révoqué en doute le vrai sens[1]. Enfin, la rusticité toute primitive du mètre oblige d'en reculer la rédaction jusqu'à des temps bien antérieurs aux grands poëmes épiques qui se sont uniformément servis du çloka. Si l'on y reconnaît déjà les éléments et le mouvement lambique de leur rhythme, c'est parce qu'ils tenaient à la nature de la langue ; mais la simplicité, la multiplicité et l'irrégularité de leurs combinaisons prouvent qu'il n'existait encore aucune autre règle métrique que la convenance du chant et les exigences de l'oreille[2].

Mais sans influer beaucoup sur la nature des idées, ces différences de date en varient l'expression, et la signification en devient, de plus en plus, moins facile à saisir. Tout indistinct qu'il fût encore, le panthéisme se trouvait au fond des croyances ; la mythologie n'était plus qu'une

auraient mêlées ensemble. Cette supposition se trouve d'ailleurs pleinement confirmée par un fait que les indianistes les plus éminents s'accordent à reconnaître : c'est que la division n'existait pas d'abord d'une manière absolue ; ainsi, par exemple, il y eut une famille de Kchattriyas (guerriers), qui devinrent Brâhmanes, malgré leur naissance ; Wilson, *Vishnu-Purâna*, p. 358, note 2 ; Burnouf, *Bhâgavata Purâna*, t. III, p. xcviii. On lit déjà dans le *Mânava*, l. I, çloka 28 : « Lorsque le souverain Maître a destiné d'abord tel ou tel être à une occupation quelconque, cet être l'accomplit de lui-même toutes les fois qu'il revient au monde. »

[1] On lit, section VIII, lecture iv, hymne 5, strophe 12 : « Le Brâhmane a été sa bouche : le prince (Râdjanya), ses bras : le Vêsya (l'ouvrier libre), ses cuisses : le Soûdra (le serviteur) est né de ses pieds. » On admettait donc des différences essentielles, mais rien n'indique qu'elles fussent héréditaires, et la substitution du *prince* au *guerrier* prouve évidemment que les castes qui plus tard divisèrent si profondément la population indienne n'existaient pas encore. Les autres passages ne sont pas plus significatifs ; il est question en plusieurs endroits de cinq classes d'êtres (*Pantchadjadnya*), et il s'agit certainement d'hommes, puisqu'on les appelle quelquefois *Pantchakshitinâm* (faits pour les habitations), ou même *Pantcha-Mânouchâh* (les cinq enfants de l'humanité). Mais d'abord, les Parias n'ont jamais été considérés comme classés dans une caste quelconque ; on n'en reconnaissait que quatre, et nous ne doutons pas que ces expressions ne se rapportent à des idées cosmologiques dont aucun souvenir ne nous a été conservé ; car il est positivement question des cinq régions (section VII, lecture iii, hymne 11, strophe 27), et on lit dans un autre passage, impossible à concilier avec l'idée de cinq castes de nature si différente : « qu'Indra, Prithivi, Poûchan, Bhaga, Aditi, que les pères des cinq espèces d'êtres nous sauvent ici bas ; » section IV, lecture viii, hymne 4, strophe 11.

[2] Il est évident que l'auteur des index (*Anoukramani*) cède à des préoccupations bien postérieures en indiquant le mètre de chaque hymne. Il est obligé de supposer que le même en avait jusqu'à cinq, six ou sept de nature différente. Ainsi, par exemple, à l'en croire, l'hymne 5, lecture viii, section V, serait à la fois en gâyatri, en trihati, en cacoubh, en trichtoubh, en anouchtoubh, en vivât et en djagati. Cet arbitraire du rhythme n'empêchait pas qu'il n'y eût déjà bien des recherches. Il arrive assez souvent qu'un véritable refrain se reproduit à la fin de chaque strophe : dans les hymnes 3, 8, 9 et 10, lecture iii, section VI, elles finissent même toutes par *Périssent tous nos ennemis !*

simple allégorie sans valeur en elle-même, une pure affaire de poésie, où l'imagination de chacun se jouait dans des inventions nouvelles, et pouvait, selon sa fantaisie, confondre les personnes et mêler les idées. L'idée caractéristique de chaque divinité s'était tellement enveloppée dans une masse indigeste de métaphores que les prêtres eux-mêmes ne la comprenaient plus : ce n'est qu'après un long travail un peu hasardeux, en s'aidant de l'esprit et du principe de la religion, qu'il est possible de lui restituer son vrai sens et d'en deviner la nature. Ainsi, par exemple, Agni était à la fois le père et le fils des dieux[1]. « Quelques-uns disent », lit-on dans un autre hymne, « Indra, c'est l'enfant du cheval; moi je dis : C'est l'enfant de la force. Il vient, animé par la colère, attaquer les villes célestes. Je crois aussi Indra enfant de la colère[2]. » Avec des intelligences si naturellement disposées à tout revêtir d'une forme symbolique, même les abstractions de la métaphysique, ces confusions étaient inévitables. Quand l'idée primitive vint à s'obscurcir, on prit le symbole à la lettre, et on lui donna un sens réel qui n'avait plus rien de la valeur métaphorique qu'on y avait d'abord attachée. Varouna n'était à l'origine, comme son nom l'indique[3], que l'enveloppe extérieure de la lumière, la voûte azurée du ciel; mais sous l'impression de son immensité, on vit bientôt en lui le dieu de l'espace. « Il est né », disait-on, « pour la force et la grandeur, ce Varouna qui a fondé l'immensité du ciel et de la terre ! C'est lui qui d'un côté a développé cette grande et large voûte toute parée d'étoiles, et qui de l'autre a étendu la surface terrestre[4] » Il devint donc aussi une personnification de la terre[5], et parut, sous ce nouveau point de vue, trop dépourvu de lumière pour ne pas être rangé parmi les mauvais génies contre lesquels il fallait implorer l'assistance des autres dieux[6]. L'exemple de Soma est plus frappant encore : c'était d'abord une liqueur spiritueuse, qui, en échauffant le sang et précipitant son cours, surexcitait les forces. On attribua facilement cette action à l'influence d'un dieu bienfaisant, digne d'un culte particulier[7]; et, pour dissiper le vague où flottait encore son idée, on finit par l'a-

---

[1] *Devânâm pitâ poutrah san*; section I, lecture v, hymne 8, strophe 2.
[2] Section VIII, lecture III, hymne 2, strophe 10.
[3] Voyez Lassen, *Indische Alterthumskunde*, t. I, p. 738. «En toi existe la vaste immensité du ciel et de la terre : ô Varouna, tous les mondes sont à toi;» section V, lecture VI, hymne 7, strophe 2.
[4] Section V, lecture VI, hymne 6, strophe 1.
[5] Section V, lecture I, hymne 7, strophe 1.
[6] Délivrez-nous des liens de Varouna ; section V, lect. I, hymne 13, strophe 4 : cette prière est adressée à Soma et à Roudra. Voyez aussi M. Langlois, *Rig-Véda*, t. I, p. 48, note 48.
[7] Le *Sâma-Véda* est même consacré en partie à son culte, et beaucoup d'hymnes du *Rig-Véda* lui sont adressées, t. I, p. 81, 171, 177, etc.

2

dorer sous les apparences de la lune[1]. Quelquefois aussi, sans doute,
le sens philologique des noms a augmenté la confusion : on les a
entendus conformément au dictionnaire usuel de la langue, au lieu de
les comprendre selon l'imagination des premiers poëtes qui s'en sont
servis. Si l'oubli où sont tombés les antiques idiomes qui les avaient
fournis ne permet plus d'appuyer cette conjecture sur des exemples,
on en trouve à une époque plus rapprochée de nous, où de semblables confusions étaient par conséquent bien plus difficiles. Ainsi, le
nom de *Manou*, dérivé de *Man*, penser, signifie, à proprement parler,
l'être intelligent, et il a désigné tour à tour un homme doué de raison
et rempli de piété, un fidèle[2] ; un homme qui suit les rites et dirige
les cérémonies, un sacrificateur, et une sorte de dieu philosophique,
représentant d'une manière plus spéciale et plus abstraite la pensée.
Enfin, la nature de la langue a encore ajouté pour nous à l'obscurité
des idées. L'habitude des constructions synthétiques avait appris aux
Hindous à suppléer à la logique de la phrase, à en compléter la clarté
par un effort de leur pensée, et ils mettaient le même bon vouloir et
la même ouverture d'esprit à comprendre les métaphores. Si vague et
si détournée que nous semble une allégorie, ils la trouvaient suffisamment intelligible quand quelque rapport approximatif permettait à
chacun de l'interpréter à sa guise. Heureusement, les Lois de Manou
nous ont laissé sur beaucoup de points un résumé clair et pratique
des plus vieilles croyances. Il s'y est sans doute glissé quelques idées
d'une date bien postérieure[3] ; mais l'ensemble remonte à une époque
où les idées des Védas étaient encore religieusement suivies, et l'on
peut y recourir comme à un commentaire officiel qui les a promul-
guées, et les dépouille de tous les voiles symboliques qui les rendent
souvent si obscures.

Le dernier terme de la dégradation où puissent tomber les religions
est le fétichisme, l'adoration superstitieuse de créatures moins élevées
que l'homme dans l'échelle des êtres. L'Hindoustan traversa sans
doute aussi ces grossières croyances : quelques faits recueillis par
M. Wilson semblent prouver que le culte des serpents y avait précédé
les premiers souvenirs de l'histoire[4]. Peut-être même le Rig-Véda en
a-t-il encore gardé un vestige dans une des appellations du mauvais
principe, le Serpent ténébreux[5], et nous ne voudrions pas affirmer que

---

[1] Voyez le *Bhâgavat Gîta*, ch. xv, çloka 13.
[2] C'est en ce sens que l'emploie presque toujours le *Rig-Véda*.
[3] On y trouve, par exemple, un système raffiné d'espionnage, des théories de
politique égoïste, et de larges associations d'athées.
[4] *Asiatic Researches*, t. xv, p. 83.
[5] *Tsarou*; section V, lecture IV, hymne 13. *Ahi*, le nuage, l'ennemi de la lumière, est aussi quelquefois appelé le Serpent.

le fétichisme fût resté indifférent à la croyance aux mauvais esprits qui tourmentaient les hommes sous la forme d'animaux carnassiers et d'oiseaux de nuit[1]. Mais ce premier degré du naturalisme n'en avait pas moins disparu de la religion des Védas. Ce n'était plus le culte brutal du sauvage; c'était déjà un système philosophique aspirant à devenir moins matériel et plus compréhensif, quoique encore bien engagé dans les idées de ce sabéisme si naturel dans les pays qu'un soleil ardent vivifie presque à vue d'œil du feu de ses rayons. *Déva*, le nom commun des êtres d'une nature supérieure, vient même certainement de *Div*, brillant, lumineux[2]. L'image que l'on se faisait des dieux répondait à cette origine; on leur donnait également à tous des traits resplendissants que ne caractérisait aucune forme plastique, et le sabéisme est encore formellement exprimé dans les Lois de Manou: « Ayant rapporté du bois d'un endroit éloigné, que le dvidja le dépose en plein air, et que, le soir et le matin, il s'en serve pour faire une oblation au feu sans jamais y manquer[3]. » Les *dévas* paraissent même n'avoir été d'abord que des prêtres, soumis à toutes les misères de la race humaine[4], qui, comme les prières et les rites, furent divinisés pour avoir concouru à la réinvention du feu[5]. Aussi la lumière est-elle le caractère essentiel de tous les dieux[6], et malgré la multiplicité presque infinie de leurs noms, peut-on les ramener à un petit nombre, qui diffèrent bien moins par leur nature que par la sphère de leur puissance et leur manière habituelle de l'exercer. « Il y a », dit l'index du Rig-Véda, « trois divinités: la terre, l'air et le ciel sont leur domaine; *Agni*, *Vâyou* (ou *Indra*), *Soûryâ*, tels sont leurs noms[7]. » Le texte allait jusqu'à professer en termes exprès l'unité de Dieu: « L'es-

---

[1] Section V, lecture VII, hymne 4, strophe 22.

[2] Il a même encore cette signification dans le *Bhâgavat Gîta*, ch. XI, çloka 11, p. 221, 2ᵉ édition. Les philologues lui reconnaissent aussi une liaison de racine avec le sanscrit *Djaous*, ciel. Ce mot est passé avec son sens abstrait dans la plupart des langues européennes: en grec, Θεός (par l'intermédiaire de ΔιFìs); en latin, *Divus*, *Deus*; en gotthique, *Tius*, etc.

[3] L. II, çloka 186. Voyez aussi l. IV, çloka 25.

[4] « Comme la mort avait été établie pour la race humaine, elle le fut aussi pour les *dévas*; » *Rig-Véda*, section VII, lecture VI, hymne 8, strophe 4.

[5] « Habiles sacrificateurs, les dèvas, ô Agni, savent te retrouver. Ils poursuivent le cours des saintes cérémonies, et bientôt le dieu s'est entouré de rayons abondants et brillants comme la lumière du ciel; » *Rig-Véda*, section I, lect. V, hymne 4, strophes 2 et 3.

[6] On lit même dans le *Rig-Véda*, section VIII, lecture III, hymne 11, strophe 5 : « Les ondes ont porté dans leur sein celui qui est supérieur au Ciel et à la Terre, aux dieux et aux Asouras, celui qui donne la lumière à tous les êtres divins. »

[7] Dans Lassen, *Indische Alterthumskunde*, t. I, p. 768. Le même renseignement se retrouve dans le *Niroukti*, et Yâska ajoute que chacune a un grand nombre de noms différents, répondant à sa grandeur et à la variété de ses fonctions.

prit divin qui circule au ciel », disait-il, « on l'appelle *Indra*, *Mitra*, *Varouna*, *Agni*. Les sages donnent à l'être unique plus d'un nom : c'est *Agni*, *Yama*, *Mâtarisvan*[1]. » Il y a même un hymne où l'on reconnaissait un dieu créateur (Pradjàpati), supérieur à toutes les divinités de seconde formation, qui n'en étaient en quelque sorte que la menue monnaie et semblaient en avoir usurpé la place : « Il remplit la terre et le ciel ; il donne la vie et la force. Tous les êtres, les dieux eux-mêmes, sont soumis à sa loi. L'immortalité et la mort ne sont que son ombre[2]. »

Agni n'était d'abord, sans doute, que l'agent du sacrifice : « Agni », chantait-on encore par un souvenir de sa première nature, « Agni est digne de nos chants. Qu'il porte aux dieux nos libations ! Entre le ciel et la terre, au milieu de nos sacrifices, il remplit la fonction de messager[3]. » Mais il eut bientôt un char attelé de chevaux rouges, et devint la personnification du feu terrestre, puis la représentation des forces productrices de la nature[4] : « Agni, toi qui t'es donné une forme sensible », lui disait-on ailleurs, « accueille le sacrifice du père de famille[5]. » Sous le nom de *Trachtri*, il présidait à tous les travaux industriels : c'était le Vulcain de la mythologie indienne[6]. Le principe de sabéisme, qui, tout voilé qu'il fût par les allégories et les symboles, restait au fond de toutes les croyances, y avait fait aussi rattacher de vagues pressentiments d'un dieu suprême : on l'adorait comme la tête du ciel et l'ombilic de la terre[7]. Nous retrouvons encore dans un hymne : « O Agni, quand tu nais, tu es *Varouna*; quand tu t'allumes, tu es *Mitra*. Enfant de la force, tous les dieux sont en toi. Tu es *Indra* pour le mortel qui te sert[8] »; et il est appelé, dans un autre passage, *l'âme unique des dieux*[9].

Indra avait conservé aussi quelques traces de son origine : il naissait avec les rayons du jour[10], et se trouvait également « ici-bas, dans l'air qui enveloppait la terre et dans le vaste séjour de la lumière[11]. » Mais

---

[1] Section II. lecture III, hymne 7, strophe 46.
[2] Section VIII, lecture VII, hymne 2, strophe 2.
[3] Section VI, lecture III, hymne 8, strophe 1.
[4] On lit même, section I, lecture V, hymne 5, strophe 4 : «Tel que le coursier chéri, Agni apporte à la terre sa nourriture»; et section VIII, lecture III, hymne 9, strophe 1 : «Agni donne le cheval qui nous procure l'abondance.»
[5] Section I, lecture II, hymne 12, strophe 9.
[6] Aussi croyait-on qu'il savait revêtir toutes les formes; section I, lecture I, hymne 13, strophe 10.
[7] Section I, lecture IV, hymne 13, strophe 2.
[8] Section III, lecture VIII, hymne 11, strophe 1.
[9] Section VIII, lecture VII, hymne 2, strophe 7.
[10] Section I, lecture I, hymne 6, strophe 3.
[11] *Ibidem*, strophe 10.

on s'était habitué à n'y voir que les clartés de l'empyrée, le ciel bleu[1], quoique ses chevaux éclatants[2] témoignassent toujours de sa conception première. C'était naturellement à sa puissance qu'on attribuait tous les phénomènes de l'atmosphère : la rosée, la pluie et la tempête. Il devint l'allié et le maître des vents : on lui reconnaissait déjà le premier rang parmi les dieux[3], et il en fut plus tard le roi[4].

Le soleil était adoré sous plusieurs noms, dont il est aujourd'hui bien difficile d'apprécier l'exacte signification et les différences. Il semble seulement que celui de tous ces dieux qui se rattachait le plus immédiatement au sabéisme primitif était *Aryaman*, le soleil gouvernant le cours des autres astres et mesurant les révolutions du temps[5]. Par un souvenir très-significatif du caractère de l'ancien culte, les dévots à la religion des Védas continuèrent même pendant longtemps à être désignés sous le nom d'*Aryas*[6]. C'était au contraire la lumière que *Soûryâ* et *Savîtri* avaient plus particulièrement personnifiée; on se les figurait sur un char d'or traîné par des chevaux aux pieds blancs, et leurs attributs d'une nature plutôt poétique que religieuse, et sans utilité pratique, appréciable à la foule, en avaient dû restreindre le culte. *Mitra* paraît avoir été surtout une déification de la chaleur : le feu vivifiant. Aussi, pour lui donner un caractère astronomique ou vraiment divin, l'unissait-on avec Aryaman, ou plus habituellement encore avec Varouna. Le soleil était même appelé leur œil divin[7], et par une identification plus complète, où revit sans doute quelque ancien souvenir, on allait jusqu'à dire : « O Mitra et Varouna, le soleil se lève et vient vers nous. C'est l'œil du monde, le gardien de tous les êtres animés et inanimés; il voit parmi les mortels le juste et l'injuste[8]. » Vichnou apparaît aussi déjà comme un symbole du soleil ac-

---

[1] C'est même probablement l'ancien sens philologique de son nom, car *Indranila* signifie saphir, et *Indaravara*, *Indivara*, lotus bleu. Peut-être le vieux français *Inde* se rattache-t-il à la même racine.

[2] *Hari* : M. Langlois, t. I, p. 6, 16 et *passim*, rend ce mot par *azurés*; mais Rosen le traduit par *flavi*, et M. Wilson par *green* ou *yellow* : comme le même çloka donne aux chevaux d'Indra l'épithète de *çona*, cramoisi, couleur de feu, nous croyons que le poète a voulu plutôt peindre la vivacité, l'éclat de la couleur, que sa nature.

[3] *Déva* était même souvent employé comme synonyme de son nom; Eugène Burnouf, *Bhâgavata Purâna*, t. III, p. 16.

[4] Dans l'*Aitareya Brâhmana*, selon Colebrooke; *Miscellaneous essays*, t. I, p. 33.

[5] Propice nous soit Arayaman, qui est né tant de fois! section X, lecture III, hymne 16, strophe 2.

[6] Les impies s'appelaient même *Dasyous*; section I, lecture IX, hymne 5, strophe 8.

[7] Section V, lecture V, hymne 4, strophe 1.

[8] Section V, lecture V, hymne 1, strophe 2. On lit aussi dans un autre hymne : «Que Mitra et Varouna nous accordent la force qui fait exécuter l'œuvre! » section I, lecture I, hymne 2, strophe 9.

complissant sa marche journalière, et marquant par trois pas son apparition sur l'horizon, son apogée au méridien céleste et sa disparition derrière les collines du couchant[1]. Mais il ne jouait encore dans les croyances qu'un rôle bien secondaire; on ne l'élève dans un hymne au-dessus d'Indra[2] que par une exagération peu orthodoxe du poète ou une pieuse falsification, qu'auraient provoquée les développements du brâmahnisme, et l'ambition naturelle à toute religion de se rendre plus vénérable en vieillissant ses origines[3].

Ces restes de sabéisme sont plus visibles encore dans l'idée essentielle des mauvais génies : ils étaient tous la personnification de quelque phénomène naturel qui affaiblissait la lumière et empêchait d'en sentir autant les bienfaits. Comme le nuage (Vritra) se reproduisait plus souvent que les autres, il parut le plus hostile, et l'on reconnut des dieux dignes de sacrifices dans les vents qui en purifiaient l'atmosphère. On leur disait même dans un hymne: « Repoussez au sein des ténèbres l'obscurité qui n'en doit pas sortir ; chassez tous nos ennemis, et faites-nous la lumière que nous désirons[4]. » Selon ses habitudes d'abstraction, la pensée considéra aussi le vent sous plusieurs faces, et le plaça sous différents noms dans son panthéon métaphysique. Envisagé en lui-même, dans sa nature virtuelle, il s'appelait *Vâyou*; on le nommait *Marouts* lorsqu'il soufflait d'un point quelconque du ciel, et quand il se déchaînait avec une violence inaccoutumée et devenait une tempête, on l'adorait sous le nom de *Roudra;* mais une vue d'un mysticisme moins désintéressé avait, dès le temps des Védas, rendu l'idée première plus malaisée à saisir. La pluie est trop nécessaire et trop bienfaisante dans un climat aussi brûlant pour que les Hindous ne l'aient pas regardée comme une faveur des dieux. La lutte d'Indra contre Vritra n'eut plus seulement pour but de restituer au soleil tous ses feux, mais de forcer les nuages à épancher sur la terre les trésors d'humidité et de fraîcheur qu'ils voulaient méchamment retenir.

Mais les besoins poétiques du peuple, sa tendance à tout exprimer par des allégories, avaient habitué chaque Hindou à n'attacher nulle

---

[1] On l'y appelait *Trivikrama*; section I, lecture II, hymne 3, strophes 17 et 18. Voyez Eugène Burnouf, *Bhâgavata Purâna*, t. III, p. xxii, et M. Wilson, *Rig-Véda-Sanhitâ*, p. 53, note 6.

[2] Que le divin Vichnou, plus puissant que le puissant Indra, daigne se joindre à lui; section II, lecture II, hymne 20, strophe 5.

[3] Quelques autres dieux, comme *Ouchas*, l'Aurore (de *Estouch, Oukkati,* brûler, éclairer), et les *Açvins*, les cavaliers (*Açvavantaou*) du jour, le Crépuscule, étaient aussi émanés de la lumière ; mais leur rôle dans la mythologie était proportionné à leur clarté, et leur culte se conformait à cette position secondaire.

[4] Section I, lecture, VI, hymne 6, strophe 22.

valeur à la forme en elle-même, et à l'interpréter non dans son sens littéral, mais selon les convenances de son imagination et la nature de ses idées. Sans craindre de pécher contre la foi, on voulut donc regarder soi-même au fond des traditions, et ne plus s'en rapporter aveuglément, même pour le dogme, à l'apparente signification des mots ni aux enseignements des prêtres. On isola dans sa pensée chaque divinité de l'ensemble des croyances; on ne la considéra plus d'après le rôle spécial et les attributs qui lui créaient une existence à part, mais sous un point de vue métaphysique, dans sa sainteté et dans sa force. Tous ses caractères particuliers s'évanouirent sous l'influence d'une dévotion aussi abstraite, et l'on ne vit plus entre tous les dieux que des distinctions nominales qu'aucune différence de nature n'avait nécessitées; on en vint jusqu'à dire à Soma, l'ancienne personnification des sucs de l'asclepias acide [1] : « C'est toi qui as produit toutes les plantes, les eaux et les vaches; toi qui as étendu le vaste ciel, toi qui dans ta lumière as enseveli l'obscurité [2]. » Si divers qu'ils parussent encore, les dieux n'étaient plus, en réalité, que les manifestations d'une puissance supérieure [3], qu'on invoquait indistinctement dans tous ses besoins et dans tous ses dangers [4]. Cette égalité de pouvoir et d'essence, malgré des noms et des attributs si différents, ne pouvait s'expliquer que par une substance divine, répandue dans la nature entière et animant les êtres les plus divers de sa présence et de sa vie; le panthéisme y était en germe comme la conséquence dans ses prémisses. Si le Rig-Véda ne l'en a pas formellement tiré, on en lit dans un recueil plus spécialement religieux, dans le Sama-Véda, une profession de foi étincelante de poésie : « Les têtes de Brahmâ sont innombrables; innombrables sont ses yeux, innombrables ses pieds; il remplit les cieux et la terre de sa présence; il est tout ce qui fut, tout ce qui sera, et ne se confond avec aucune autre existence. Dans cet état distinct de tout, il se manifeste à lui-même sous une triple forme au-dessus des mondes; la quatrième les pénètre tout entiers: aussi l'appelle-t-on le *Grand-Être*. Sa puissance est comme la pluie qui vivifie la nature; de lui procéda l'univers, et il l'anima de sa

---

[1] Les botanistes l'appellent maintenant *Sarcostema viminalis.*
[2] Section I, lecture VI, hymne 11, strophe 22.
[3] On lit dans un hymne : « Je suis le roi Varouna, en moi résident toutes les forces vitales; les dieux coopèrent à mon œuvre... J'ai, dans ma sagesse, donné le mouvement à toute la nature; j'ai soutenu le ciel et la terre; » section III, lecture VII, hymne 10, strophes 2 et 3.
[4] On disait aux Vents: « À l'ennemi passionné de votre poëte envoyez, comme une flèche, l'ennemi qui le frappe » (section I, lecture III, hymne 7, strophe 10), et au Soleil : « Détruis le mal qui me ronge le cœur et pâlit mon visage » (*ibidem*, lecture IV, hymne 4, strophe 11).

pensée[1]. Quoique la source du mouvement universel, il n'est point
séparé de l'univers; il est la lumière de la lune, du soleil, du feu, de
l'éclair et de toute substance lumineuse. La science est le souffle de
ses narines, les éléments primitifs étaient son regard; son rire est l'a-
gitation des affaires humaines, et son sommeil l'agitation des mondes.
Sous cent différentes formes il répand sur les créatures cent bénédic-
tions différentes: sous la forme du feu c'est lui qui digère leurs ali-
ments; lui qui conserve leur existence sous la forme de l'air, et
comble leurs désirs sous la forme de la pluie. Sous la forme du soleil
il les assiste dans les embarras de la vie, et sous celle de la lune leur
envoie un sommeil rafraîchissant. Chacun de ses pas fait la marche
du temps, et tous les dieux sont devant lui comme les étincelles qui
jaillissent d'une immense fournaise[2]. » Il y a d'ailleurs dans le Rig-
Véda plus d'un passage où le panthéisme était aussi à l'état latent, et
la logique involontaire de l'esprit humain devait l'en faire sortir.
« Celui, » y disait-on, « qui est notre père, qui a engendré et qui contient
tous les êtres, connaît chaque monde; dieu unique, il fait les autres
dieux... Vous connaissez celui qui a fait toutes ces choses, c'est le
même qui est au-dedans de vous; mais à nos yeux tout est couvert
comme d'un voile de neige; nos jugements sont obscurs, et les hommes
s'en vont offrant des holocaustes et chantant des hymnes[3]. » Agni y
était même positivement assimilé à Varouna et à Mitra[4], et un hymne,
encore plus significatif, reconnaissait que, soumis à la destinée com-
mune à tous les êtres, les dieux actuels étaient nés pour périr, de dieux
qui n'existaient déjà plus[5].

Cette unité d'essence de tous les êtres rendit naturels les rapports
les plus étranges; on crut que des hommes pouvaient naître d'a-
nimaux sauvages[6], et l'on fit un système religieux de cette folle bou-
tade du Genévois Bonnet qui, après s'être occupé d'histoire naturelle
pendant quarante ans, donnait comme résultat définitif de ses études
l'impossibilité de distinguer un rosier d'un chat[7]. D'assimilations en
assimilations on avait multiplié jusqu'à l'infini les objets dignes des
adorations de l'humanité; on invoquait en même temps que les plus

---

[1] Il n'y a dans le texte que *Virâta-Pouroucha*; mais ce seul mot signifie
l'univers vivifié par l'omniprésence de Dieu, comme le corps est animé par
l'âme.

[2] Dans l'hymne à Aranya-Gâna.

[3] Section VIII, lecture III, hymne 11, strophes 3 et 7.

[4] Section II, lecture VIII, hymne 11, strophe 2.

[5] Section VIII, lecture III, hymne 1, strophe 2.

[6] *Mânava*, l. X, çloka 72. Ainsi, par exemple, Richyasringa était fils du
saint ermite Vibhândaca et d'une daine.

[7] Voyez l'hymne de l'*Yadjour-Véda*, traduit par William Jones, *Complete
Works*, t. XIII, p. 378.

grands dieux du panthéon les Eaux, les Plantes et les Arbres[1]; on composait en leur honneur des hymnes uniquement consacrés à leur culte[2], et les Lois de Manou déclaraient un péché à expier par une rude pénitence l'action de souiller les eaux[3] ou d'en contrarier le cours[4], d'arracher les plantes des champs[5], et d'abattre des arbres encore verts[6]. Dans cette assimilation métaphysique des êtres les plus divers, la personnification du mauvais principe, la nuée, fut elle-même considérée comme une puissance bienfaisante qu'il fallait aussi invoquer avec respect[7], et les hommes de bien poussèrent les scrupules du panthéisme jusqu'à condamner l'agriculture malgré son utilité, parce que la charrue déchirait le sein de la terre et pouvait attenter à la vie des animaux qui la peuplaient[8].

Les religions n'acquièrent de droits à la confiance qu'à la condition d'expliquer les faits surnaturels dont l'imagination se préoccupe avec une curiosité pleine d'anxiétés; ne fût-ce qu'à ce titre, il leur faut remonter à l'origine du monde, en prendre la formation à leur compte, et lui trouver, dans leur système mythologique, une raison d'être et une cause. Les Védas ont, comme les autres livres sacrés, abordé ces questions mystérieuses; mais plus encore que dans les simples prières, les idées y disparaissent sous les images dont elles sont enveloppées, et les explications les plus diverses en apparence ajoutent encore à la difficulté de les saisir. La plupart des théories de la Création que le Rig-Véda nous a conservées sont d'ailleurs trop concises et trop vagues pour qu'on les puisse accepter comme le mot définitif de la foi sur ce grand problème. Le principe essentiel de l'existence des choses y est tour à tour attribué à Indra et à Varouna, à Mitra et au soleil; mais ce n'est que dans l'hymne à Pouroucha, le souverain créateur, un dieu sans formes sensibles, et complétement étranger à la mythologie naturelle[9], que les explications deviennent assez précises et s'accordent assez avec le fond des croyances pour avoir une valeur vraiment dogmatique. « La lune, » y est-il dit, « naquit de son cœur; de ses yeux naquit le soleil; de sa bouche naquirent et Indra et le feu; de sa respiration naquit le vent; de son nombril fut produite l'atmosphère. Le ciel sortit de sa tête; la terre, de ses pieds; les points de l'espace,

---

[1] Section V, lecture IV, hymne 21, strophe 25.
[2] Section V, lecture IV, hymnes 12 et 14; section VIII, lecture V, hymne 3.
[3] Mânava, l. XI, çloka 235 : Il fallait vivre d'aumônes pendant un mois entier.
[4] Mânava, l. III, çloka 163.
[5] Mânava, l. XI, çloka 141 : on devait suivre une vache pendant un mois entier et ne se nourrir que de lait.
[6] Mânava, l. XI, çlokas 64 et 66.
[7] Section VIII, lecture IV, hymne 1.
[8] Mânava, l. X, çloka 84.
[9] Section VIII, lecture IV, hymne 5.

de ses oreilles[1]. » C'est, sous des formes métaphoriques, la profession de foi d'un pur panthéisme, sans contact réel avec les allégories poétiques qui lui avaient préparé la place, et il y a dans les Lois de Manou un passage remarquable où le dieu universel se dégage encore davantage de la mythologie symbolique qui en absorbait si souvent l'idée : « Le seigneur existant par sa propre puissance produisit d'abord les eaux; il y déposa un germe qui devint un œuf étincelant de mille rayons dorés, et l'Être suprême lui-même en sortit sous la forme de Brahmâ, l'aïeul de toutes les créatures[2]. »

Aussitôt que, subjugué par l'étonnement ou la terreur, l'homme s'incline devant des êtres d'une nature supérieure, il leur attribue tout ce qui dépasse la mesure de ses forces et la portée de son intelligence. Il croit à leur active intervention dans le gouvernement du monde et les aventures de sa propre destinée, et rapporte à leur toute-puissance les bonheurs qui lui arrivent et les douleurs dont il est frappé. Ce ne sont pas seulement les aspirations d'une dévotion mystique qui l'obligent à des devoirs envers eux, c'est la gratitude du passé et le désir de se préparer un meilleur avenir. Toute religion se résout donc nécessairement dans des habitudes générales d'adoration et d'hommages qui puissent apaiser les mauvais vouloirs des dieux, et les disposer à plus de bienveillance; et ces pratiques ne sont pas d'un intérêt moins puissant que les dogmes eux-mêmes pour l'histoire des religions et de l'humanité: elles tiennent à l'idée que l'on se fait du caractère des divinités et de la destination de la vie.

Dès l'origine d'une croyance on suppose aux dieux, comme à tous les êtres intelligents, des exigences et des préférences qu'il faut satisfaire pour se concilier leur faveur. On comprend que le respect et la ferveur ne suffisent pas pour assurer le succès de ses prières, et l'on veut en augmenter les chances en leur donnant une forme plus agréable, en choisissant une heure et un lieu opportun, en chargeant de les offrir des intermédiaires plus habiles et plus favorablement écoutés. Bientôt donc on reconnaît des lieux saints entre tous; on accepte, comme expression de ses propres sentiments, des formules sanctionnées par un usage général; on institue des ministres du culte, et à l'époque des plus anciens hymnes des Védas, cette organisation extérieure de la religion n'existait pas encore. Chaque chef de famille se savait des devoirs religieux dont la négligence était sévère-

---

[1] Nous citons la traduction de M. Burnouf, *Bhâgavata Purâna*, t. I, p. CXXIII; celle de M. Langlois, t. IV, p. 311, est un peu différente, mais les différences ne portent pas sur le fond. Les mêmes idées se retrouvent, avec un peu plus de développements, dans le *Bhâgavata Pourâna*, l. II, ch. v, çlokas, 38-41.

[2] *Mânava*, l. I, çlokas 6, 8 et 9.

ment punie[1]; il conviait même les étrangers à se réunir pour prier avec lui dans sa propre maison[2]; mais on n'avait pas bâti de temples, ni choisi, à leur défaut, aucune place en plein air; aucune liturgie ne réglait la forme des prières, et le haut prix dont les plus nouvelles étaient payées[3] prouve qu'on les croyait plus efficaces que les autres. On tenait seulement à ce qu'elles fussent d'une sérieuse orthodoxie[4], à ce que des hommes pieux et versés dans la connaissance des plus saintes habitudes présidassent à l'exacte observation des rites[5]; mais il n'en résultait, pour les plus renommés, ni caractère à part, ni droit positif inhérent à leur personne. Si l'on a trouvé dans le Rig-Véda les traces d'une lutte entre deux familles pour la direction des sacrifices[6], c'était bien plutôt une concurrence industrielle qu'un désordre religieux et une tentative révolutionnaire. Ces agents du culte n'étaient plus alors que les organes du chef qui les employait; ils touchaient le loyer de leurs services, et n'avaient aucune part à prétendre dans le mérite de la prière : « Les dieux, » dit même positivement un hymne, «n'ont point de dettes avec les prêtres qui offrent la libation[7]. » Quelques pièces d'une date bien postérieure, quoique recueillies aussi dans le Rig-Véda, parlent déjà cependant de signes distinctifs du sacerdoce. Les prêtres y portent des ornements d'or[8]; ils tournent du côté droit la pointe de leurs cheveux[9], et formaient, sinon une caste politique, au

---

[1] «Dans le sein d'un chef qui n'adresse pas ses hommages à Mitra et à Varouna réside le mal, tandis que celui qui se conforme au devoir du sacrifice obtient ce qu'il désire; » section II, lecture I, hymne 1, strophe 9.

[2] « Réunis dans la maison d'un fidèle serviteur, nous offrons à Indra nos prières et nos hymnes;» section I, lecture IV, hymne 7, strophe 1. Voyez aussi M. Langlois, t. I, p. 109, 163, etc. Les *Lois de Manou* faisaient même à chaque maître de maison (*Grihasta*) un devoir positif d'y entretenir perpétuellement un feu sacré (*Gârhapatya*); l. II, çloka 231.

[3] «Ces seigneurs m'ont donné 50 chevaux, et j'ai payé ce présent par mes hymnes;» section IV, lecture I, hymne 10, strophe 5. Vasa, fils d'Açva, se vante même d'avoir reçu de Prithousravas jusqu'à 60,000 chevaux, 12,000 chameaux, 1,000 cavales noires, 3,000 rousses et 2,000 vaches; section VI, lecture IV, hymne 1, strophe 22.

[4] «O Agni, que cet hymne que nous avons composé pour toi soit à tes regards plus précieux que tout autre hymne qui n'a pas eu de succès; » section II, lecture II, hymne 4, strophe 11.

[5] Voyez, entre autres, section VIII, lecture II, hymne 10.

[6] Voyez Roth, *Zur Litteratur und Geschichte des Weda*, p. 87-142.

[7] Section VI, lecture III, hymne 1, strophe 16.

[8] Il a dans le texte *ornés d'or* (section VII, lecture III, hymne 11, strophe 43), et selon Stevenson, *Sâma-Véda*, p. 5, et M. Langlois, t. IV, p. 74, il ne s'agirait que de *bagues d'or*; mais nous ne connaissons aucun commentaire qui autorise cette interprétation. Nous devons cependant reconnaître qu'il y a dans un autre passage : «Tes chantres, Indra, nus et dépouillés te célèbrent comme une mamelle féconde; » section V, lecture VII, hymne 6, strophe 12.

[9] Section V, lecture III, hymne 14, strophe 1.

moins une corporation, où l'on entrait par droit d'hérédité sans avoir
à remplir aucune condition d'âge ni de science [1].

Le culte a déjà pris aussi, dans quelques passages, l'esprit mystique
si naturel aux Hindous; on y peut même lire que « les poëtes forment
le sacrifice avec la prière, et donnent pour roues à son char l'hymne
et le chant [2]. » Mais un naturalisme grossier, conservé des premiers
essais d'une civilisation commençante, n'en domine pas moins encore
la religion tout entière; il est même impossible de ne pas reconnaître
dans le gazon sacré [3] dont on jonchait les autels au moment du sacrifice, le souvenir d'un culte élémentaire de la Terre, et ce n'était pas
là une de ces habitudes sans raison qui pénètrent à la dérobée dans
les pratiques religieuses et en faussent le caractère, mais un moyen
éprouvé de rehausser la valeur des prières. Pour mieux disposer les
dieux à les accueillir, on leur disait : « Nos libations vous attendent
disposées sur un tapis de gazon [4]. » Comme dans tous les cultes encore
mêlés de sabéisme, les ministres adressaient ou confiaient leurs offrandes au feu resté pur de tout contact avec les choses profanes, et
les rites pour le prendre à sa source témoignent aussi d'une époque
bien primitive. On frottait l'un contre l'autre, jusqu'à ce que la flamme
en sortît, deux morceaux de bois dont une tradition vénérée avait
consacré la nature et la forme [5]. Quand le feu était allumé, on y
versait, en célébrant ses bienfaits, des libations de beurre fondu :
c'était un moyen facile d'en activer rapidement la flamme, et lors
même que le beurre n'eût pas si naturellement représenté la vache,
le plus précieux et le plus saint des animaux [6], les idées symboliques

---

[1] Il est parlé de fils de prêtres, *Brâhmanâh* (section V, lecture VII, hymne 3,
strophe 1), et on lit dans un autre endroit (section VIII, lecture VI, hymne 12,
strophe 7) : « Le prêtre instruit est plus respectable que le prêtre ignorant. » Il y
a même un passage d'où il semble résulter que les prêtres avaient déjà de la
puissance politique. Indra parle : « Chef efféminé, baisse les yeux, n'élève plus
le regard; cache la chaussure sous ton vêtement, que l'on n'aperçoive plus les
chevilles de tes pieds; tu étais prêtre, tu es devenu femme » (section VI, lecture III, hymne 2, strophe 19). Le *Pâdma Pourâna* qui, quoique bien postérieur,
a conservé le souvenir de faits et d'idées d'une haute antiquité, dit, en termes
plus positifs encore, que les poëtes (Soutas) exerçaient leurs fonctions par droit
d'hérédité : voyez M. Wilson, *Journal of the royal asiatic Society of Great-
Britain*, t. V, p. 281.

[2] Le *Rig* et le *Sâmen*; section VIII, lecture VI, hymne 9, strophe 6.

[3] C'est le Poa cynosuroïdes.

[4] Section I, lecture I, hymne 3, strophe 3.

[5] L'appareil, appelé *Arani*, se composait de *Sami* (Acacia suma) et d'un mor-
ceau d'*Ascattha* (Ficus religiosa).

[6] On en avait fait le symbole de la fécondité. Le mouni Vasichta possède en-
core, dans le *Râmâyana*, une vache qui produisait tout à volonté, et pour exprimer la puissance fertilisante des rayons du soleil, on les appelle dans le *Rig-
Véda*, les *vaches célestes* (section I, lecture VI, hymne 12, strophe 1). Le sanscrit
Gan signifiait également terre et vache, et ce n'est pas sans doute un hasard,

de douceur et de fécondité qui lui étaient propres[1] en auraient fait
une offrande éminemment agréable aux dieux. Ce fut d'abord, sans
doute, sous l'inspiration de la même idée pratique que l'on jeta aussi
du soma sur le feu sacré; mais comme les hommes en aimaient le
goût pour lui même, comme il activait la chaleur de leur sang et ra-
nimait leurs forces, on supposa, par une de ces conséquences grossières que le matérialisme inhérent aux croyances panthéistes rendait
inévitables, que de pareilles libations flattaient réellement le palais des
dieux et augmentaient leur puissance. On chantait pendant le sacrifice : « Indra est le roi suprême qu'invoquent toutes les nations...
nous lui devons ces offrandes qui portent le bonheur dans les sens[2]. O
Indra et Vichnou, ô vous qui grandissez par nos holocaustes... don-
nez-nous la richesse[3]. » Les raffinements de la métaphysique indienne
finirent cependant par modifier cette croyance à l'action toute physique des libations; on regardait même que les dieux avaient grandi
par la seule influence du chant des poètes[4]. Mais la prière restait toujours comme une branche chargée de fruits[5]; elle faisait tourner Indra
ainsi qu'une roue, et lui donnait à volonté l'humeur belliqueuse d'un
bélier[6]. Les sacrifices n'étaient qu'une sorte d'échanges en parties
doubles, un véritable compte de clerc à maître, où l'on entendait bien
que ses hymnes et ses offrandes fussent exactement payés. En prenant
les frais du culte à sa charge, on s'inquiétait beaucoup plus d'augmenter la puissance des dieux à son profit que de leur rendre des hommages religieux. Le prêtre leur disait sans façon : « J'ai besoin d'obtenir la richesse, et je chante[7]. » Il leur demandait, selon le caprice ou
le besoin de son metteur en œuvre, des vaches et de bons pâturages[8],

puisque *Bhous*, terre, se retrouve aussi dans le grec Βοῦς, taureau. C'est même
l'explication ignorée jusqu'ici de la formule sacrée que la fiancée adressait à
l'époux en entrant dans sa maison: *Ubi tu Gaius, ego Gaia*. D'abord, sans doute,
on sacrifia réellement des vaches; il y en a même une mention indirecte dans
le *Rig-Véda* (section I, lecture IV, hymne 15, strophe 12); mais on y avait déjà
substitué, à une époque très-ancienne, le cheval et le bouc. Voyez le *Rig-
Véda*, t. I, page 376.
    [1] La pluie est même appelée, dans le *Rig-Véda*, le beurre de la terre (sec-
tion I, lecture VI, hymne 7, strophe 2).
    [2] Section III, lecture V, hymne 13, strophe 8.
    [3] Section V, lecture I, hymne 8, strophe 8. On dit même, dans un autre
hymne, qu'ils possèdent, par le sacrifice, toute la force d'une armée; *ibidem*,
hymne 7, strophe 2. Voyez aussi section V, lecture I, hymne 6, strophe 6, et
section VIII, lecture VI, hymne 3, strophe 11.
    [4] Section IV, lecture VII, hymne 16, strophe 13.
    [5] Section I, lecture I, hymne 8, strophe 8.
    [6] Section VI, lecture VI, hymne 16, strophe 12.
    [7] Section IV, lecture II, hymne 10, strophe 15.
    [8] Section I, lecture II, hymne 11, strophe 7; *ibidem*, lecture III, hymne 10,
strophe 8; section VII, lecture III, hymne 10, strophe 8.

une race de chevaux généreux[1] et de l'orge[2], une grande et riche habitation[3], une forte postérité ou de la renommée[4], et par une conséquence naturelle de ce panthéisme inavoué qui dominait la religion primitive, il s'adressait indifféremment à une divinité quelconque. Leur nature à toutes était déjà trop semblable pour qu'on leur eût réservé à aucune un but et un pouvoir distincts qui lui fussent propres; même dans ses aspirations les plus poétiques, le culte ne sortait pas de cet obscur panthéisme, et ne semble s'être préoccupé de l'état moral des âmes que dans quelques passages d'une rareté si exceptionnelle, qu'ils n'étaient sans doute que des souvenirs ou des pressentiments tout individuels d'une croyance plus pure[5]. Aucun témoignage d'une généralité suffisante n'autorise même à penser que le péché rendit indigne des bienfaits des dieux[6], ni que les prières du pécheur pussent désarmer leur colère et lui obtenir la rémission de ses fautes[7].

Il en était des devoirs moraux comme des obligations plus spécialement religieuses : aucun précepte n'imposait de règles formelles à la vie[8]. Peut-être était-ce déjà une conséquence extrême du panthéisme qui, dans sa croyance à l'unité absolue, annule toute différence entre le bien et le mal, et regarde l'injustice et le vice comme une vaine illusion qui ne peut tromper que les impies et les sots. D'ailleurs, la religion des Védas aboutissait à la négation philosophique de l'individu; il n'y avait place dans ses doctrines ni pour une psychologie, ni pour une morale quelconque; si distingué que fût un homme, elle n'y voyait qu'un rouage, sans vie qui lui fût propre, du mécanisme

[1] Section III, lecture VIII, hymne 11, strophe 10.
[2] Section I, lecture IV, hymne 7, strophe 2. Nous suivons la traduction de M. Langlois; il y a dans le texte *Yava*, littéralement du grain.
[3] Section V, lecture II, hymne 18, strophe 11; section VI, lecture V, hymne 1, strophe 12; section VII, lecture III, hymne 10, strophe 8.
[4] Section V, lecture VI, hymne 11, strophe 2.
[5] Nous citerons, entre autres preuves de ces vagues souvenirs, les deux passages suivants : « Accorde-nous de marcher toujours dans la bonne voie!... Dieux généreux, qui êtes notre refuge, sauvez-nous du mal, comme on sauve un char du précipice; » section I, lecture VII, hymne 12, strophe 5. « Grand est le mortel qui honore Agni, il a dans le ciel une place distinguée; » section II, lecture II, hymne 14, strophe 3.
[6] Peut-être ne trouverait-on dans tout le *Rig-Véda* aucune autre exception que celle-ci : « Exempts de péché... puissions-nous obtenir la faveur de l'Aditya Mitra! » section III, lecture IV, hymne 4, strophe 3.
[7] Nous n'avons remarqué que des passages très-courts qui permissent de supposer le contraire : « Par le sacrifice que nous t'offrons, que nos fautes soient effacées! » section I, lecture II, hymne 5, strophe 5. « O Aditi, ô Mitra et Varouna, pardonnez-nous les fautes que nous avons pu commettre! » section II, lecture VII, hymne 4, strophe 14.
[8] On savait seulement que l'aumône était, après les oblations, un des actes les plus agréables à Dieu; *Mânava*, l. III, çlokas, 94 et 95.

naturel de tous les êtres. La plus modeste prétention de sentir pour son compte, et de penser avec sa propre pensée, lui eût semblé un attentat contre l'ordre universel; elle eût tenu pour une monstruosité sacrilége tout acte de la conscience qui aurait réclamé quelque droit de son chef, ou se fût incliné avec respect devant celui des autres. Il ne résulte pourtant pas des textes qu'à l'époque où les Védas furent recueillis on en eût encore logiquement conclu tout ce que renfermaient leurs idées; rien ne prouve positivement que les sages comprissent déjà que la seule sainteté qui leur fût accessible était le suicide opiniâtre de leur personnalité par la contemplation et les austérités; mais il est au moins probable qu'une pratique instinctive avait devancé les préceptes. Les Lois de Manou imposaient aux Brâhmanes, comme une de leurs plus saintes obligations, la contemplation dans la solitude et le silence[1], et reconnaissent à la prière mentale cent mille fois plus de mérite qu'aux prières faites à haute voix[2] : elles déclaraient un devoir religieux de pratiquer l'inertie, même dans les act s de religion.

Ces idées ont avec celles qui se résumèrent quelques siècles après dans le brâhmanisme des rapports trop naturels pour qu'il soit nécessaire d'y insister davantage. Mais leur influence ne s'est pas arrêtée à la frontière de l'Hindoustan; d'évidentes ressemblances se retrouvent aussi dans la mythologie étrangère : on doit craindre seulement d'en exagérer le nombre et l'importance en attribuant à des emprunts les développements originaux qu'ont amenés la nature des choses et la logique de l'histoire. Nous écarterons donc d'abord de ces rapides indications toutes les religions qui, comme celle de l'Égypte, avaient aussi le naturalisme pour base; et quant à celles où l'imagination des poètes a pris une part considérable et mêlé confusément de nouveaux symboles à de vieux souvenirs, nous nous bornerons aux analogies qui sont confirmées par le rapport des noms. Cette sévérité de critique en réduirait sans doute beaucoup trop le nombre; mais il suffit, pour le but que l'on peut se proposer dans un travail aussi restreint, de prouver par quelques exemples incontestables l'influence de la religion des Védas sur le développement des autres mythologies.

---

[1] L. IV, çloka 258. *Mouni*, sage, signifie même à la lettre celui qui se soumet volontairement au silence.

[2] L. II, çloka 85. Les mêmes idées se retrouvent exprimées avec plus de logique dans le *Bhâgavata Pourâna*; l. I, ch. VI, çloka 18: «Le corps brisé par le poids excessif de la joie, le poil hérissé, arrivé au comble de l'inaction, noyé dans le déluge de la béatitude, je ne vis plus en moi deux âmes.» L'inaction avait ainsi pour but de laisser l'âme individuelle s'absorber et disparaître dans l'âme universelle.

Les Parses adoraient le soleil sous le même nom de *Mitra*[1], et avaient donné au dualisme naturel des Védas, à l'opposition du soleil et de la nuée, un sens plus moral et plus profond : c'était Ormuzd, l'émanation de Dieu, qui combattait contre Ahriman, le mauvais principe existant par lui-même. Cette ancienne lutte atmosphérique était même entrée aussi dans les traditions historiques des Persans avec des transformations qui n'en dissimulent pas l'origine. Le serpent ténébreux, *Ahi dâsaka* en sanscrit, *Aji dakaka* en zend, y était devenu *Zohak*, un tyran régnant dans l'Iran, et le bon que conquiert Feridoun, *Thraëtaonô* en zend, *Traitana* dans les Védas[2], était la liberté et le bonheur sur le sol de la patrie. Il n'est pas jusqu'au *soma* que l'on ne reconnaisse dans le *hom*, cet élément si longtemps mystérieux du culte des Parses, et, comme l'a remarqué M. Burnouf, avec cette sûreté d'érudition et de bon sens qui donnait une autorité universelle à ses moindres opinions, « à mesure que l'on pénètre plus avant dans les origines des croyances indiennes et iraniennes, aujourd'hui si éloignées les unes des autres, on voit disparaître graduellement les différences qui les séparent[3]. »

Quelques vestiges de sabéisme se retrouvent aussi en Grèce : c'était un précepte que nous a conservé Hésiode, le poëte le plus versé dans les anciennes traditions, de ne jamais se tourner du côté du soleil pour satisfaire un besoin honteux[4], et la même défense était exprimée en termes à peu près semblables dans les Lois de Manou[5] et dans le Râmàyana[6]. *Uranus*, cet obscur dieu hellénique qui personnifiait à la fois le ciel et la mer entourant le monde, et qui, quoique aïeul de tous les dieux, n'occupait qu'une place insignifiante dans la mythologie grecque, est évidemment *Varouna*, le prince des eaux[7], la mer entourant la terre[8], de qui l'on disait dans le Rig-Véda : « Le père de ce grand corps qui étonne nos yeux a d'abord dans sa sagesse enfanté les ondes aériennes, et ensuite le ciel et la terre qui les environnent et qu'il a étendus en les affermissant de tout côté sur leurs bases antiques[9]. » Les Grecs en avaient reçu l'idée et le nom par une de ces

---

[1] Son nom vient de *Mihira*, soleil, et se retrouve encore dans le pehlvi *Meher*, éclat.
[2] Voyez M. Roth, *Zeitschrift der morgenländischen Gesellschaft*, t. II, p. 216.
[3] *Bhâgavata Purâna*, t. III, p. XLIII.
[4] Μηδ' ἀντ' ἠελίου τετραμμένος ὀρθὸς ὀμιχεῖν.
                        Opera et Dies, v. 727.
[5] L. IV, çloka 52.
[6] *Râmâyana*, l. II, ch. LIX, çloka 23.
[7] *Apâmpatis*; dans le *Nalus*, ch. III, çloka 4.
[8] *Mahi sâgarâmbard*; cette expression revient même souvent dans le *Râmâyana*.
[9] Section VIII, lecture III, hymne 11, strophe 1.

traditions dont l'histoire a perdu la trace, et y rattachèrent tout leur système religieux comme à sa base primitive; mais leur imagination amoureuse des idées claires et des formes distinctes finit par substituer au naturalisme opaque et à la cosmogonie métaphysique auxquels il appartenait, les allégories à peine divinisées d'une mythologie riante et diaprée de toutes les couleurs de la poésie. Il est difficile de ne pas reconnaître aussi dans Jupiter, ζεὺς πατὴρ, le *Père-ciel* du sanscrit (*Dyaoushpitar*), dont la forme s'était mieux conservée dans ce *Diespiter* qu'employait encore Horace :

> Sæpe Diespiter
> Neglectus incesto addidit integrum [1].

Ce ne sont pas seulement le personnage et le nom du Mercure grec (Ἑρμείας) qui se retrouvent dans les Vêdas (*Seramdya*); c'est l'explication naturelle de son triple rôle de protecteur des champs, de fidèle messager des dieux et de conducteur des ombres : à l'origine de ce mythe, dans l'Hindoustan, *Saramd* était une chienne chargée de veiller sur les tr passés [2], et l'on en fit aisément un serviteur fidèle et un dieu qui marquait la propriété et la prenait sous sa garde. Cette divinité des ténèbres, si souvent mentionnée dans le Rig-Vêda, qui dérobait aux dieux du ciel l'abondance sous la forme d'une vache, et la cachait dans de sombres cavernes [3], est devenue Pluton enlevant la fille de Cérès [4] et l'entraînant aux enfers : un anneau manque à cette tradition; le nom de *Cérès* ne nous a été conservé par aucune religion intermédiaire, mais pour lui trouver une signification étymologique, il faut remonter jusqu'au sanscrit [5] ou à une de ces langues italiques qui en avaient reçu tant de racines [6]. La mythologie hindoue avait déjà son dieu-forgeron : comme en Grèce, il doublait la force du plus puissant des dieux en lui fabriquant des traits invincibles [7], et présidait à des associations industrielles qui, par un souvenir encore vivant du culte du feu, étaient investies des fonctions sacerdotales, ainsi que le furent aussi en Grèce les Dactyles et les Telchines. L'ancien nom sans-

---

[1] *Odarum* l. III, ode II, v. 29. Indra est aussi souvent appelé *Dicaspati*, le seigneur du ciel.

[2] Les *Pitris*. C'est aussi certainement *Karbonra*, le chien d'Yama, le dieu des morts, qui est devenu Cerbère.

[3] Voyez, entre autres, section I, lecture V, hymnes I et II.

[4] Son nom grec, Δημήτηρ pour Γῆ μήτηρ ou Θεὰ μήτηρ, avait aussi une origine indienne.

[5] De *Srîs*, récolte.

[6] L'étrusque *Cerus* signifiait créateur, et la forme primitive de *Creare* était *Cereare*.

[7] Section I, lecture IV, hymne 6, strophe 7.

crit (*Trachtri*) a péri ; mais celui qui l'a remplacé (*Hçarras*) semble
avoir pour racine le nom que prenait Brahma en Égypte (*Phtha*) quand
il exprimait l'essence spontanée et indépendante de la matière, le feu
qui vivifiait tous les corps. Les Açvins, littéralement les cavaliers,
étaient les dieux du crépuscule, et nous retrouvons en Grèce les Dios-
cures, fils jumeaux de la lumière et de la nuit [1], dont on célébrait surtout la hardiesse et l'habileté à dompter les chevaux : les Homérides
appelaient déjà Castor *'Trwidçmos* [2], et Horace exprimait une opinion
religieuse en disant : *Castor gaudet equis* [3]. Les Grecs eux-mêmes re-
connaissaient l'origine indienne de Bacchus [4] : comme lui Soma était
à la fois une liqueur alcoolique et le dieu de l'enthousiasme et des
conquêtes, et l'on reconnaît facilement dans son nom grec (*Δι'νσς*)
une altération de *Deva nichi*, le dieu de la nuit, le nom que les Hindous
donnaient à l'inventeur du vin de palmier, parce qu'à la différence
des autres divinités, il n'avait rien d'essentiellement lumineux ; puis,
par une de ces grossières interprétations que les anciens prenaient si
souvent pour des étymologies, et qui s'inspirait au moins des souvenirs de sa vraie patrie, on en fit le *dieu de Nysa* [5]. L'idée des Védas
reparaît plus clairement encore dans le premier nom sous lequel les
Romains l'honorèrent : *Liber* avait sans doute la même racine que
Libare, et le Soma était la libation que l'on offrait habituellement aux
dieux [6].

Les peuples que le naturalisme de leurs croyances ne réduisait point
à des systèmes impossibles, plaçaient au sommet de leur cosmogonie
un dieu qui préexistait à la matière et la créait par un acte de sa toute-
puissance, ou qui, s'éveillant comme d'un long sommeil, mettait en
ordre les éléments de toute chose, mêlés confusément depuis l'origine
des temps dans un informe chaos. Les idées des Védas sur la formation du monde ne pouvaient donc se faire adopter ni dans les pays

---

[1] *Léda* vient sans doute de Λήδω, Λήθω, cacher et être caché.
[2] *Illiadis* l. III, v. 237.
[3] *Satirarum* l. II, sat. I, v. 26.
[4] *Καὶ φασι τὸν μὲν ἀρχαιότατον Ἰνδὸν γεγονέναι*; Diodore de Sicile, l. III,
ch. LXIII, t. I, p. 175, éd. de L. Dindorf, Paris, 1842.
[5] Cette origine donna même naissance à une autre partie du mythe : selon
Quinte-Curce, l. VIII, ch. X, Sita est (Nysa) sub radicibus montis, quem *Meron*
incolae vocant ; et comme Μηρός signifie cuisse, on fit sortir Bacchus de la
cuisse de son père.
[6] Ce n'est pas le seul emprunt des Romains qui ne se retrouve pas dans la
mythologie grecque ; nous avons déjà cité une formule employée dans les
cérémonies du mariage, et on lit dans Ovide, *Fastorum* l. III, v. 653 :

    Ipsa loqui visa est : Placidi sum Nympha Numici ;
        Amne perenne latens, *Anna Perenna* vocor.

Il est difficile de ne pas reconnaître, malgré cette singulière étymologie,
l'*Annapournadevi* des Hindous : voyez Paterson, *Asiatic Researches*, t. VIII, p. 69,
et Colebrooke, *ibidem*, p. 83.

déjà arrivés au spiritualisme, ni dans ceux qui n'avaient point perdu
tout souvenir de meilleures traditions. On retrouve cependant l'œuf de
Brahma d'où devaient sortir la vie et la nature entière, dans des mythologies qui ne se l'étaient approprié qu'en devenant illogiques et in-
fidèles à leurs croyances. Ainsi, pour laisser de côté les religions encore trop mal connues pour que l'on s'aventure à en tirer aucune
conséquence [1], le plus ancien dieu des poésies orphiques était né d'un
œuf, et l'on croyait se concilier sa faveur en lui rappelant son origine [2]. Ce n'était pas même une idée réservée que se communiquassent
seulement quelques initiés; le peuple athénien en avait une pleine
connaissance et lui portait une sorte de respect, puisque Aristophane
s'en faisait plaisamment une autorité pour prouver la supériorité naturelle des oiseaux sur les hommes [3]. A la fête où les Persans célèbrent
la renaissance du printemps, ils se donnent encore aujourd'hui des
œufs peints, en souvenance de l'œuf du monde [4], et avant de se con-
vertir au christianisme les Slaves observaient religieusement le même
usage [5]. Les religions les plus hostiles au naturalisme et les plus fières
de leur intolérance ont elles-mêmes sanctionné des coutumes qui se
rattachent à cette croyance. Naguères encore les funérailles d'un Juif
ne se seraient pas terminées sans que son plus proche parent brisât
un œuf sur sa tombe comme une promesse d'une autre existence [6], et
les œufs rouges que les chrétiens mangent le jour de Pâques sont un
symbole de la résurrection du Christ et de la vie nouvelle qu'il leur a
conquise par son sang.

Mais tous les poètes védiques ne se contentaient pas d'une explication si grossière de la création; ils exprimaient leurs croyances panthéistes par des images plus logiques et disséminaient dans la nature
entière les membres de l'âme universelle du monde [7]. Ce panthéisme
s'était combiné avec un naturalisme encore plus matériel, dans la religion que l'on professait en Scandinavie, il n'y a pas mille ans, et
l'Edda s'exprimait en termes entièrement semblables. « La terre fut
créée avec la chair d'Ymer, » disait le Grimnis-mal, « la mer le fut
avec son sang; les montagnes avec ses os; les forêts avec sa cheve-

---

[1] Ainsi, pour citer un exemple, nous ne parlons pas de l'œuf des Égyptiens :
voyez Eusèbe, *Praeparatio evangelica*, l. III, ch. XI, p. 115, éd. de Paris, 1628.
[2] Ὀρφεύς : voyez Lobeck, *Aglaophamus*, t. I, p. 475.
[3]   Ἐρέβεος δ᾽ ἐν ἀπείροσι κόλποις
    Τίκτει πρώτιστον ὑπηνέμιον Νὺξ ἡ μελανόπτερος ᾠόν.
                     Aves, v. 691.
[4] Von Hammer, *Jahrbuch der Literatur*, t. III, p. 133.
[5] Hanusch, *Slavische Mythologie*, p. 197.
[6] Kirchner, *Jüdisches Ceremoniell*, p. 220.
[7] Voyez ci-dessus, p. 313.

lure; la voûte du ciel avec son crâne. De ses cils les divinités bienfai-
santes firent la terre du milieu pour les enfants des hommes; de sa
cervelle furent créées toutes les nuées vaporeuses et lourdes[1];» et
comme pour rendre l'origine indienne de ce mythe encore plus apparente, c'était une vache qui avait nourri Ymer[2]. Il n'est pas jusqu'à
cette création à part de chaque classe d'hommes[3], la base religieuse
de la division des Hindous en castes, qui ne fut arrivée aussi dans le
nord de l'Europe : le Rigs-mal raconte qu'un dieu, appelé seulement
le Puissant (*Rigr*), engendra d'abord *Thrall* (l'esclave) caractérisé par
un visage et des cheveux noirs, puis *Karl* (l'homme libre) aux cheveux
roux et à la figure colorée, puis enfin *Jarl* (le noble), que distinguaient
des cheveux blonds, des joues roses et un regard assuré.

Quoique rapprochées par leur forme de la poésie lyrique, les hymnes
du Rig-Véda n'avaient aucun de ses véritables caractères. Sous l'em-
pire d'une religion qui tue la personnalité par devoir de conscience
et ne laisse pas même à l'homme la liberté de chercher dans la mort
un refuge contre les fatalités et les désespoirs de la vie, la poésie lyrique est impossible. Aucun devoir moral n'y vient lutter contre l'en-
traînement des passions et ne relève la grandeur de l'homme par son
triomphe, quelquefois même par ses défaillances; aucune terreur
nouvelle ne peut s'y ajouter à l'effroi qu'inspire à tous les moments
l'implacable nécessité des choses; aucune compatissance n'y révèle à
personne les trésors de pitié que la nature nous avait mis dans le cœur
et ne tempère l'amertume des larmes par la secrète douceur de pleurer
sur des malheurs qu'on n'a point éprouvés. Il n'y a plus d'autre inspiration logique, d'autre sentiment qui puisse trouver quelque sym-
pathie dans les âmes, que cette résignation morne qui s'assied sur la
borne de la route et tend la gorge avec indifférence au couteau du
passant. Quelquefois seulement un vague sentiment de mélancolie se
fait jour à travers cette apathie systématique. « Les mortels », lit-on
dans un hymne, «qui virent jadis se lever l'aurore ont disparu; c'est
pour nous qu'elle se lève maintenant, et déjà s'approchent ceux qui
la verront après nous[4]. » Mais cette révolte irréligieuse de la personnalité est bientôt réprimée; bientôt le poëte se résigne à ne plus prétendre même à l'importance du grain de poussière qui tourbillonne
pour son compte dans son rayon de soleil, et l'on comprend dans le
silence impassible du poëte sur tout ce qui le touche ce dédain cy-
nique de soi-même que les Lois de Manou ne craignaient pas d'ex-

[1] Strophes 40 et 41. Voyez aussi le *Vafthrudnis-mal*, strophe 21.
[2] *Edda Snorra Sturlusonar*, t. I, p. 46, éd. de Copenhague, 1818.
[3] Voyez ci-dessus, p. 33, note 1.
[4] Section I, lecture VIII, hymne 1, strophe 11.

primer au nom des dieux en ces termes méprisants : « Cette demeure
dont les os forment la charpente, à laquelle les muscles servent d'at-
tache, enduite de sang et de chair, recouverte de peau, infecte, qui
renferme des excréments et de l'urine [1]. » A une poésie si imperson-
nelle, si privée de toute vie particulière au poète, il ne faut point de-
mander d'esprit littéraire; l'expression ne s'y préoccupait jamais
d'elle-même et voulait à ses risques et périls traduire fidèlement la
pensée : le seul mérite qui lui fût accessible était la généralité des idées
et le sens profondément historique de la poésie populaire. Ce n'est
donc pas seulement à cause de l'inspiration religieuse du Rig-Véda,
c'est parce que l'esprit du peuple hindou s'y reflétait comme dans un
miroir concentrateur, que le panthéisme y domine avec toutes ses conséquences, l'absence d'une moralité quelconque et l'ignorance, nous
avons presque dit la négation de toutes les idées d'ordre et de beauté
qui font la grandeur des autres littératures. La supériorité trop accusée
d'une des manifestations du dieu, et la préoccupation trop marquée
d'une idée eussent été contraires à cette unité d'essence et à cette indifférence philosophique que devait professer le panthéisme pour ne pas
être inconséquent avec lui-même. Tout point de vue devenait à son
tour dominant; on se plaisait à en faire ressortir l'importance par des
descriptions qui se succédaient sans ordre, sans harmonie, sans ensemble, et se déroulaient comme dans un de ces panoramas vivants
des bords de la mer où rien de saillant n'arrête, rien de fixe ne repose
le regard, et où des vagues incessantes s'élèvent tour à tour, puis s'a-
baissent poussées par des vagues nouvelles et disparaissent dans l'immensité des flots. Ce qui restait de personnel dans l'imagination, tout
ce qui survivait à l'atrophie de telles croyances, ne s'exprimait que
par des symboles qui transfiguraient les idées tombées dans le domaine
commun de la poésie, et ils semblaient toujours suffisamment clairs
quand ils ne trompaient pas l'esprit en lui suggérant un autre sens.
On aimait seulement à leur donner une forme historique, à leur créer,
pour ainsi dire, une réalité dans le passé, et l'on ajoutait incessamment
de nouvelles obscurités à l'obscurité naturelle d'une mythologie toute
bâtie sur des abstractions métaphysiques. Malgré ses efforts constants
après le grandiose des images, le style gardait une raideur sauvage et
une sorte de simplicité rude qui rehaussaient encore la grandeur des
idées. Il savait concilier la fraîcheur des littératures primitives, la naï-
veté de l'inspiration et la gravité des pensées, avec la redondance des
métaphores et l'éclat luxuriant des couleurs : sous les images les plus
désordonnées du poète, on sent encore la conviction et la piété du

---

[1] *Mânava*, l. VI, çloka 76.

croyant. On se trouve quelquefois un peu dépaysé au milieu d'idées qui nous sont si étrangères; leur fréquente répétition pourrait même fatiguer les esprits qui ne cherchent dans la lecture que le frivole amusement de quelques heures de loisir; mais la faute en serait bien moins à la nature des hymnes qu'à leur pays, à leur date et surtout à la pensée qui les a fait réunir : à la communauté du but qu'ils se proposaient et aux analogies naturelles de leur forme. Pour les apprécier à leur vraie valeur, il ne faut point les considérer comme les œuvres de l'imagination qui se déployait dans sa voie et s'amusait de sa propre vie, mais comme l'acte d'un Hindou, vivant quatorze siècles avant l'ère chrétienne, qui s'inclinait religieusement devant les objets de son culte.

M. Langlois avait à vaincre des difficultés que nul autre traducteur n'avait peut-être encore rencontrées. Trop rude et trop simple pour n'avoir pas été perfectionnée par le génie spéculatif des Hindous, la langue des Védas s'est transformée sans laisser derrière elle un seul livre élémentaire qui en explique la nature et en facilite l'intelligence. Il fallait que M. Langlois se fît lui-même sa grammaire et son dictionnaire, et il n'avait de secours d'aucune sorte que son texte : les autres Védas eux-mêmes lui manquaient, et les manuscrits du Rig qu'il avait à sa disposition étaient d'une date trop récente pour qu'il ne s'y fût pas glissé bien de fausses leçons. Les onze à douze cents hymnes dont il se compose sont d'ailleurs de mains et d'époques trop différentes pour que les analogies ne cessent pas souvent d'être des raisons : chaque passage doit alors suffire à son interprétation et expliquer ses propres difficultés. Un système métaphysique de croyances dont aucun autre monument ne nous a précisément conservé les idées, avait une obscurité naturelle que redoublait encore l'habitude constante de les représenter par des symboles dont le sens littéral lui-même se voilait presque toujours sous de nouvelles métaphores, et pour se diriger à travers tant de ténèbres, le traducteur n'avait que les commentaires de Mâdhava et d'Yâska qui vivaient plus de deux mille ans après, et substituaient quelquefois à la pensée primitive des poètes les opinions de leur temps et leurs propres subtilités. Comprendre le sens intime du sanscrit n'était cependant que la première moitié de cette rude entreprise; il fallait encore l'exprimer avec une fidélité suffisante, lutter contre les formes analytiques, l'esprit obstinément clair du français, et le plier en maître à une tâche antipathique à sa nature et à toutes ses habitudes. Grâce au travail opiniâtre de M. Langlois, les hommes du monde peuvent eux-mêmes connaître et apprécier la plus vieille et la plus singulière production du génie indien : le vague de l'expression et le mystérieux des idées ont pris sous sa plume une forme transparente et vraiment française; sa traduction est devenue, pour ainsi dire, le commentaire perpétuel de son texte.

Ce n'était qu'à cette condition qu'une telle traduction était possible ; mais il en devait résulter aussi quelques inconvénients : le style a beaucoup perdu de sa rapidité, de sa hardiesse, de son éclat ; la couleur orientale a singulièrement pâli ; l'esprit original lui-même s'est un peu effacé. Dans cette nécessité de donner un sens clair à toutes les métaphores, le traducteur s'est trouvé souvent forcé de consulter son intelligence plutôt que son érudition, et, quel que soit le bonheur habituel de ses conjectures, peut-être n'est-il pas toujours resté suffisamment Indien, peut-être même n'a-t-il pas toujours rencontré la vraie pensée de son texte. Mais un tel travail, poursuivi pendant quatre gros volumes avec cette intelligente et savante patience, le génie du philologue, n'en fait pas moins grand honneur, nous ne dirons pas seulement à M. Langlois, mais à l'érudition française dont il est un des plus dignes représentants.

ÉDÉLESTAND DU MÉRIL.

Paris. — Imprimerie de E. BRIÈRE, rue Sainte-Anne 55.

www.ingramcontent.com/pod-product-compliance
Lightning Source LLC
Chambersburg PA
CBHW060847180626
46818CB00004B/1624